EPITAPH 東京

恩田　陸

朝日文庫

本書は小社より二〇一五年三月に刊行された『ＥＰＩＴＡＰＨ東京』、および二〇一六年一月に刊行されたアンソロジー文庫『20の短編小説』所収の「悪い春」を収録したものです。

EPITAPH東京　目次

EPITAPH東京

EPITAPH東京

Piece 一、動物交差点

都営地下鉄大江戸線赤羽橋《あかばねばし》駅の出口を出て右に曲がり、首都高速の下をくぐったところに赤羽橋南の交差点がある。

そこの角のひとつに、いつもこざっぱりと掃除してある小さなお稲荷さんがある。ふと見過ごしてしまいそうな場所に、優美でこぢんまりした狐が鎮座している。

交差点の隙間にぴたりと嵌《はま》ったこの伏見三寶《さんぽう》稲荷の脇に、よく見るともうひとつ小さな石碑がある。これが何かというと、馬頭観音なのである。

更に、この稲荷社のすぐ隣にはパンダの絵を描いた看板が大きく掲げてあるのだった。これは、ＷＷＦ（世界自然保護基金）のシンボルマークで、世界最大規模の自然環境保護団体であるＷＷＦの日本事務局が隣のビルに入っているのだ。わざわざ馬と狐の隣にパンダの看板を掲げたのは偶然なのか意図的なものなのかは知らないが、筆者はここを動物交差点と勝手に呼んでいる。

長らくパンダが不在であった上野動物園に、このあいだやって来た二頭のパンダは、パンダ界ではかなりの美男美女なのだそうだ。特にメスのほうは美態で、そのポイントはどこかというと、二つの黒い耳が上のほうにあり、くっきりと団子状に立ち上がっていることだという。古くから見かける、中国の女の子が頭の上に二つお団子を作る髪形は、パンダを模したのではなかろうか。

先日の大震災の時、筆者はたまたまこの動物交差点にいた。普段はオフィス街でさして人通りの多くない街角に、あんなに多くの人が立ち止まっているのを見たのは初めてだったし、何より津波警報のサイレンがビルの谷間に響き渡っているのが異様であった。こんなところで津波警報が、というのに驚いたが、考えてみると、ここから海までの距離は二キロにも満たない。

「高台に避難してください」と、間延びした若い女性の声が促すのだが、都心のビル街で「高台」というのはどこに当たるのだろう、とうねるように揺れているビルを見上げながら考えていた。あとで気付いたのだが、この交差点にはチリ大使館の入ったビルもあり、地球の裏側から赴任している方たちも、まさか東京のど真ん中の大使館で津波警報を聞くことになろうとは夢にも思わなかったに違いない。

この交差点、首都高をくぐったところの赤羽橋交差点とは別にされているものの、よく見ると古くはここが七叉路であり、巨大な辻であったことに気付く。

三叉路、五叉路は見かけるけれど、七叉路というのは珍しい。だとすると、馬頭観音があるのも道理である。馬の守り神である馬頭観音は辻の守り神でもあるからだ。

では、辻の守り神とは何から何を守っているのだろう。

「それはズバリ、疫病からですよ。疫病から集落を守るんです」

吉屋《よしや》は、独特の呂律《ろれつ》の怪しい口調でそう言った。

民間信仰と舶来の神がうじゃうじゃ混じりあってきたこの国の辻には、古くからいろんな神様がおわします。道祖神にお地蔵さん、庚申《こうしん》さん、サイノカミ、そして馬頭観音。挙げていったらきりがない。

カウンターの、席ひとつおいて隣に座った男の表情はよく見えない。

そっと後ろを振り返ると、道路に面した大きなガラス窓の向こうを行き交う通行人の顔が見える。まだ外のほうが明るく、店の中のほうが暗がりだ。たぶん、通行人たちには店の中は真っ暗に見え、客がいることすら気付かないのではないか。

日が長くなった。ほんの少し前までは、この時刻になると真っ暗だったのに。

ふと、デジャ・ビュを感じた。半年ごとに、必ず「すっかり日が短くなった」「いつのまにか日が長くなった」と思う瞬間がある。これをえんえんと交互に繰り返すうちに歳を取っていくわけだ。

今は専ら走ってるのしか興味ない人が多いけど、馬はかつては重要な労働力としてとても大事にされていましたね。百万馬力というように、パワーの単位も馬だった。馬と一緒に住むために造られた家もあったし。

大事なもの、すなわちそれは神になる。

筆者はぼんやりとそんなことを考えた。大事なものと恐ろしいものは神となる。

カウンターの上に広げた本のページに、グラスの水滴が落ちたのをそっと拭《ぬぐ》った。

いつも飲みながら本を読んでいますね。僕は飲み始めるとたちまち活字が目で追えなくなるので、感心していました。

吉屋にそんなことを言われたことがある。

近くの店で映画ソフトを借りた帰り、たまに寄る店だ。たまに寄る店でたまに一緒になる男なので、その職業は知らない。大柄で肩まで伸ばした髪。話し方は丁寧で、古いことをよく知っているが、意外に若いのではないかという気がする。

東京ではこういうつきあいが結構多い。そこでしか知らない顔。一点でしか接点のない人。たまに街角で声を掛けられ、知っている人なのに名前が思い出せず頭が真っ白になると、相手はコックコートを脱いだ、よく行く飲食店のシェフだったりする。

大体ね、ほんの少し前まで流行り病《やまい》でどれだけ人が亡くなっていたと思います？　疫病がいかに恐ろしかったか。年中行事やお祭りなんて、ほとんどが疫病退散と一日でも長く生き延びることを祈って始まったものばっかりですよ。

吉屋は新たな酒を注文した。彼はいつもかっちりと同じペースで杯を重ねる。

呂律が怪しいので酔っているのかなと思うのだが、彼は飲み始めからずっとこの調子である。元々こんな話し方なのかもしれない。あるいは、昼間から飲んでいて、この店に来る時にはもう出来上がっているのかもしれぬ。

自由業の方？　それとも自分で会社を経営しているとか？

カウンターの中にいる若き女主人に聞いてみたことがある。

いや、私はお近くの外資系企業の方かなと思ってたんですけどね、未だによく分からないんです。

彼女も首をかしげた。

企業のデザイナーさんかなとも思ったんですけど。

彼女がそう言うのも分かる気がした。服装からいって、カタギのものではないが、それでいて純然たる一匹狼というのでもない。どことなくおっとりしていて、組織に守られているような気配もある。

以前、知り合いから、どんなにラフな格好をしている人でも、日本にいる外資系企業の人間は必ず時計と靴にカネを掛けている、と聞いたことがある。足元見るっていうけどさ、そこんところでちゃんと差別化しているわけさ。

吉屋の時計と靴をチェックしてみるが、元々この分野には全く詳しくないのでそれが高級品なのかさっぱり分からない。分かるのは、見かけたことのないデザインであることくらいだ。

必ずまた疫病は来ます。いや、すぐそこまで来てる。パンデミックの水位は上がっている。吉屋はしきりに眼鏡を掛け直している。

新たな災厄に人々の記憶はどんどん上書きされていくが、宮崎県における口蹄疫《こうていえき》の凄まじい感染力が及ぼした被害の大きさ、経済活動や市民生活への甚大な影響を目の当たりにしたのはそんな昔のことではない。

あの時、筆者が興味深く見たのは、やはり疫病は道を通ってやってくるという古くて新しい事実なのであった。鹿児島県や他県への道路が幾つかを除いて封鎖されたというニュース。種牛を船に乗せ、海上の島に避難させたというニュース。道を通って疫病がやってくることの恐怖は昔も今も変わらない。数年前、メキシコの広大なユカタン半島を移動した時、幹線道路のそこここにある検問を仕切るのは、麻薬の移動を見張る軍と、鳥インフルエンザを警戒して家禽類の移動を見張る、日本でいえば農水省の役人であった。医学が発達した現代ですらそうなのだから、ろくに治療法も薬もなく、加持祈禱するだけという時代にどれほど疫病が畏《おそ》れられていたか、今の我々の想像を絶するものがあったに違いない。

一日でも長く生き延びることは切実な願いであり、疫病がよそから入ってこないようにすることは、世帯や集落を維持していくためにはまさに死活問題だったのだ。結果として、よそからの入口である辻、よそとの境界線上にある辻には、病や災厄を避けるものが必要となったのだろう。

あの動物交差点には、かつてはもっと多くの神が、願いが、切実にせめぎあい、道の向こうからやってくる災厄に対して結界を張っていたに違いない。

「――Kさん、あとで僕の秘密を教えてあげます」

吉屋は、おもむろにひとつ隣の席からこちらに身体を傾け、そっと意味ありげに囁《ささや》いてきた。

ぜひ教えてください。こちらもそっと応える。

吉屋は手洗いに立った。立ち上がると、思った以上に大柄なのにいつも驚かされる。

振り向くと窓の外は暗くなっていて、いつしか明るさが逆転していた。

通行人が宵闇に溶けて、ぼんやりした影絵のように通り過ぎていく。

無数の影と、窓に映る店内の客が重なり合う。

吉屋が戻ってきて、ようやくその顔が見えた。

明かりの加減というのは不思議なものである。筆者はこの時初めて、吉屋には異国の血が入っているのではないかという気がした。何がそう思わせたのかは、再びひとつおいて隣の席に腰掛けた横顔を見ても分からない。光線が造った微妙な影の濃淡のせいなのか、光がつかのま見せた彼の瞳の色のためか。

ヨシュアです。

そもそも、最初に名乗った時は外国人かと思ったのである。

ヨシュア？　ひょっとしてジョシュアかもしれない。言語によってはJを読まないこともある。聖人の名前。

Kです、とこちらも名乗り、どちらのご出身ですか、と尋ねた。

え？　彼は、手にしたポータブルプレーヤーのイヤホンを指で弄《もてあそ》びながら聞き返した。

ヨシュアです、吉田のヨシに屋敷のヤです、と言われて「吉屋」という名字なのだと理解した。

あ、でも今聴いていたのは、ちょうどジョシュア・レッドマンでした、とこちらの誤解を駄洒落《だじゃれ》にする。

その名字だけが彼についての情報のすべてで、下の名前すら知らない。そして、もうひとつ、彼について知っているのは――

「あなただけにお教えします。あなたは僕と同じようにこの街の秘密を探しているから。いわば、同志ですから」

吉屋は毎回同じ台詞《せりふ》を繰り返す。いつもカウンターで話し始めて一時間を過ぎたところで、いつもと同じように真剣な口調で。

「――実は、僕は吸血鬼なんです」

記憶にあるものと寸分違《たが》わず、少し呂律の回らない口調で彼はそう告白する。

吉屋の説明は、いつもかっちりと判で押したように同じだった。

みんな誤解している。みんなの考えている吸血鬼は、本当の吸血鬼じゃありません。

筆者は彼の説明をそっくりそのまま再現することができる。

彼の話によれば、映画や小説にあるように、血を吸い続けることによって永遠の命を得るという類《たぐい》のものではなく、本物の吸血鬼は歳も取るし肉体も消滅する。ただ、その意識が他者の肉体に継続していくのだ、というのである。

それって生まれ変わりとは違うんですか。

筆者は何度もそう尋ねた。

違いますね。彼はきっぱりと否定するのだった。

僕はいつも僕です。いつもこの顔で、この声、この性格だ。ただ、次に生まれる時は別の名前で別の両親のところに生まれてくる。けれど、僕という性質、僕のキャラクターは永遠に続いていく。

じゃあ、それって吸血鬼じゃないですよねえ。筆者は当然の疑問をぶつける。人間の血を吸って生きていくからこそ「吸血鬼」と名乗れるのであって、今の話だったら、ただ長命であり、次々と肉体を乗り換えながら生きていく、別の生命体じゃないですか。

それでも彼は全く動揺を見せないのだった。

いや、そもそも「吸血鬼」という呼び名がメタファーなんです。たぶん、かつては血を吸っていたんでしょう、僕の仲間も。

仲間がいるのか、今もいるのか。そんな突っ込みを入れたいのをぐっと我慢して続きを聞く。

僕が思うに、たぶんかつては血液が、いちばん情報量が多かったからじゃないかと思うんです。他人の血を吸うことが、より多くの情報を体内に取り込む方法だった。だから「吸血鬼」と呼ばれたんでしょう。

本当に血を吸っていたのであれば、メタファーでもなんでもなくて、そのままだと思うのだが。そんな意見もとりあえず我慢した。

でも、今はそんな必要はありません。

吉屋は「ご安心ください」と言うかのように、両手を広げてみせるのだった。

今はいくらでも情報を手に入れることができます。文字通り、身体に取り込むことだってできる――（吉屋はここで、イヤホンを耳に差し込んでみせる）瞬時に世界中の情報を、「吸う」ことができるんですよ。

じゃあ、吸血鬼が欲しているのは、元来「情報」であると。

その通り！　吉屋は満足げに頷《うなず》く。

僕はずっとずっと生きている。ずっとずっとこの街を見てきた。だからね、Kさん、あなたにも教えてあげましょう。この街の秘密を。

吉屋は筆者にいつもそう力強く請け合ってくれるのだ。そして、筆者も同じくらいの熱心さで彼に頼む。ぜひ！　ぜひとも教えてください。お願いしますよ。

しかし、残念ながら、ここでいつも彼は腕時計に目をやるのだった。どこのメーカーか知らない、見たことのないゴツゴツしたデザインの腕時計に。そして、彼は顔を上げてこう言うのだ。

「お勘定お願いします」

カウンターの中の女主人が頷き、伝票を彼の前に滑らせる。彼はカードで素早く支払いを済ませ、愛想よく立ち上がり、従業員と他の顔見知りの客に会釈《えしゃく》をして店を出て行く。

しかしこの日、吉屋はドアを開けようとして不意に立ち止まった。

「Kさん」

既にカウンターの上の本に目を戻していた筆者に、勘定のあとで声を掛けたのは、この時が初めてだったので驚いた。

振り向くと、ドアの上の小さな照明が彼の髪と顔の片側を照らし出していて、その時初めて、筆者は本当にこの男は吸血鬼なのかもしれない、と思った。なぜかは分からない。光線の加減というものは、しばしば見えないものまで見せてくれるものなのだ。

「ポイントは、シシュアなんですよ」

「シシュア?」

死んでいる者ですよ、と吉屋がじれったそうに言うので、それが「死者」だと気付いた。

この街は、無数のシシュアの記憶でできている。忘れられたシシュアが街を構成し、この街の秘密を支配しているんです。

吉屋はそう言うとにっこり笑った。そして、ドアを開けて出て行った。

その姿は窓の外の暗がりに溶け、その影は車のクラクションの鳴り響く交差点へと消えていったのだった。

Piece 二、

遠　刈　田　系

坂の下の古道具屋の前を通りかかったら、ふと店先の黒い木箱に無造作に積み上げられたものが目に入り、反射的に足を止めていた。

古い木の人形、鳴子こけしである。かなりの歳月を経ているらしく、どれも黒ずんでいてパッと見ただけではそうとは気付かない。けれど、比較的白い底の部分に、黒々とした墨で作者の名前が書かれていて佐藤某、という字が見える。

子供の頃は、誰の家に行っても、ガラスケースに入った和装の人形と共に、こけしや三春駒《みはるこま》などの郷土玩具が並べられていたが、最近めっきり見なくなった。

近付いて見てみると、シンプルな線で描かれたそれぞれの顔が煤けた薄墨色の下から浮かび上がってきた。こけしというのは一見どれも似たように見えるが、よく見ると、漫画家のタッチが異なるように結構顔が違う。

頭と胴体部分の比率も異なる。頭が大きく胴体が細いもの、頭も胴体も同じ幅のもの。胴体につけられたカーブも微妙に違う。

手は触れずにしげしげと人形たちの顔を眺めていたら、いちばん上に積まれた人形の隙間から、じっと見上げる顔に見覚えがあってギクリとした。

この顔、知っている。

小さな顔。極限にまで抑えられた、ほんの数本の細い線で描かれた顔。

どこで見たのだろう。

考えながら木箱を離れ、手を挙げて交差点を曲がってきたタクシーを停《と》めた。

車に乗り込み、シートにもたれた瞬間、遠刈田系《とおがった》、という言葉が浮かんだ。普段、全く意識していなかった、記憶の底から浮上した単語。

こけしに系列がある、と知ったのは、宮城県のどこかの温泉地で寄ったこけしの博物館で、遠刈田系、というのはその系列のひとつである。トオガッタという、方言をそのまま言葉にしたような響きが印象に残っていたのだ。

こけしは木地師《きじし》の副業で作られたもので、主に温泉地の土産物として普及していったから、その系列名は土湯《つちゆ》や作並《さくなみ》など温泉地として知られた名前が多い。木材加工業というのは分業で工房として作業をするから、工房ごとに人形の「顔」が異なるわけだ。博物館の壁に飾られた大きな地図に、系列別のエリアがマッピングしてあり、なるほど、こけしというのはサラブレッドのごとくルーツが辿れるのだな、と思った覚えがある。

車窓は、明るい新緑に溢れている。

気温もぐんぐん上がっているようで、車の中には今年初めての冷房が入っていた。

萌えいづる生命は、時にひどく残酷で、暴力的ですらある。死者の面影など微塵《みじん》も匂わせない。そこにあるのは現在と未来だけだ。

車は丸の内のオフィス街に入った。ビル風が街路樹を揺らしている。大手町の交差点で停めてもらう。

初夏の兆しや冬の訪れなど、季節の変わり目を感じるのは、むしろこんなビル街に車から降り立つ瞬間である。目に鮮やかな新緑や四季折々の花よりも、この刹那、頬に受ける風の色と匂いのほうが、より生々しく新たな季節を主張する。

横断歩道を渡ると、B子が先に来ているのが見えた。

手を振ってみるが、気付かない。近付いていくと、コンパクト型の携帯灰皿を左手の上に載せ、まるでお釈迦様のようなポーズで煙草を吸っている。

その連想が自分でもおかしくて、笑い声を洩らすと彼女がこちらに気付いた。

「何笑ってんのよ」

「いや、そのポーズがお釈迦様みたいだなと思って」

彼女は、煙草を指に挟んだ自分の右手と、灰皿を載せた左手を交互に見た。

「確かに。つまり、お釈迦様は喫煙者だったと。言われてみりゃあ、仏像の右手って、まともに真似したら腕が攣《つ》りそうな、奇妙な指の形してるわね。あれは煙草を挟んでたと考えれば納得がいくわ」

「仏様のあの表情も、ヘビースモーカーがやっと一服できてホッと一息、ああ助かった、ニコチンが補充できたっていう安堵《あんど》の表情に似てる」

ヘビースモーカーが煙草を吸っているところを見ると、なるほど中毒というのはこういうことかと合点《がてん》がいく。さっきのB子がそうだ。目の色が薄くなり、恍惚として何も見ておらず、弛緩《しかん》した表情はニコチンを味わうことのみに集中しており、そこには煙草を吸う肉体だけがあって人格がない。

「いいじゃない、仏様はヘビースモーカーだった。そう考えるとちょっとは仏教にも親しみが湧くね。さて」

B子は煙草を押し潰し、ぱちんと携帯灰皿を閉じた。

「――なんで将門塚《しょうもんづか》なのよ？」

二人で、ビルの谷間の薄暗いその一角に身体を向ける。

B子はカリカリと頭を掻《か》いた。

B子というのは、決して「(仮称)」なのではない。学生時代からの友人だった彼女は、紅子という。本当は「コウコ」と読むのだが、みんなが「ベニコ」「ベニコ」と呼んでいるうちに、縮んで「ビーコ」になり、「B子」になったのだ。実際、企業の広報誌の仕事をしている彼女は名刺にも「B子」と通称のほうを刷っているのである。

そんなB子と筆者が立っているのは、オフィス街のど真ん中にある平将門の首塚、将門塚の前だった。

「なんとなく」

筆者は首をすくめた。

「やっぱり、東京について書くんならここに来なきゃと思って」

「そういうもんですか」

B子は首をひねりながらも一緒に短い石段を上がった。

「ある人に言われたの。東京は死者がポイントだって」

「ポイントねえ。歴史物でも書くつもり？」

「まだ何も考えてない」

「本当に、ここに首が埋まってるの？」

「さあね。でも、ここから移転させようとするたびに事故と変死者が続出したっていうから、何かは埋まってるんじゃないかな」

平安時代の武将、平将門は望んだポストを得られなかったことなどに不満を募らせ、朝廷に叛旗《はんき》を翻《ひるがえ》し、関東で新皇《しんのう》を名乗るが結局あえなく討たれてしまう。京都で晒《さら》されていた首が、胴体を求めて飛来し、この地に落ちたというのが将門塚の由来とされている。

「将門が東京の守り神なの？」

「という説もある。神田明神の祭神のひとりは将門だし」

「でもさ、本拠地は下総《しもうさ》でしょ。墓がそっちにあるんだったら、ちょっと違う気がするなあ」

「だけど、高度成長期の時もバブルの時にも動かせなかったっていうのは凄くない？　バブルの頃なんて、この辺りの坪単価、もの凄い数字だったはず。それでも動かせなかったんだから、よっぽど怖いことがあったんだよ」

無駄口を叩きながらも、二人で神妙に石でできた塚を拝む。

小さな首塚には、今もお供えが絶えない。飲み物に果物、花に線香まで供えてあって、どれもごく最近替えたばかりらしく、線香からはまだ煙が上っている。

「誰が供えてるんだろ」

「このお線香、ついさっきって感じだよね」

首塚を収めるような角度で外灯に取り付けられた防犯カメラ。

レンズの向こうで、誰かが今もこちらを見ているのだろうか。なぜか、鎧《よろい》姿の武将が座ってモニターを見ているところを想像してしまった。

その時、奇妙な音を聞いた。

きゅっ、きゅっ、きゅっ。

小さいが、はっきりした音だ。ガラス窓を絞った雑巾で拭いているような。

「今、何か聞こえなかった？」

そうB子を振り向いたとたん、いつのまにか後ろに拝む順番を待つ人の列ができていたことに驚いた。ほんの少し前までは、我々しかいなかったのに。

慌てて首塚を離れる。学生みたいな若い女の子や、スーツ姿の男性もいる。誰もが無言なところを見ると、皆一人で来ているようだ。神妙に並んで、順番に拝んでいる。きちんと並んで待っているところが日本人だ。

「あーびっくりした」

「いつのまに、あんなに」

首塚を出ようとして、B子が案内板に目を留める。

「あれ、これって民間人が立てたんだね。珍しい」

通常、史跡の案内板は地域の教育委員会や自治体が主体となって立てることが多いが、将門塚の案内板のひとつは、旧財閥系の商社の有志一同が立てているところが目を惹く。

「ここって、左遷されたサラリーマンが戻ってこられるように拝みにくるらしいよ」

「そうか、商社マンにとっては切実よね。そろそろ日本に戻りたいとか、本社に戻りたいとか」

ヒソヒソと囁きあいながら将門塚を出る。

たった一歩踏み出しただけで、気温が上がり、空気まで変わったような気がした。思わず深呼吸する。

その瞬間、さっき耳元で聞こえた音が何だったのか思い出した。

「さすが、ずっと同じ場所にあるだけあって、えらい迫力のあるところだったわね」

B子が肌寒そうに腕をさすった。

「――ねえ、知ってた?」

思わず話しかける。

「何を」

「こけしの首を回すと、きゅっきゅって音がするんだよ」

「こけし? 何よ、唐突に」

そうだ、あれはこけしの首を回す音だった。たぶん、子供がきゃっきゃっと笑っているところを模したのだろう。

そうだ。

あのこけしの顔。見覚えがあったのは、あの子の家で見たからだ。

「どこか、カフェに入ろうよ」

B子が、風になびく髪を押さえて周囲を見回した。相変わらずビル風が強い。

「今日はこのあと予定ないの？」

「大丈夫。夜に会食があるけど、それまで空いてるから」

受け答えしつつも、頭の中にはあの子の顔が浮かんだままだ。

サラサラの長い髪に白い顔。

Sちゃんは中学の時の友人で、筆者が親の転勤で引っ越しするまで仲良くしていた。

Sちゃんの家は、老舗《しにせ》温泉旅館で、Sちゃんの父親が、あの系列のこけしのコレクターだったのである。

こけしは「子消し」なんだよ。

Sちゃんはある時、そう言った。彼女の家で聞いたのか、学校で聞いたのかはよく覚えていない。

しかし、Sちゃんはやけに真剣な面持ちで、ノートに「子消し」と書いてみせた。

それだけで、何も説明してくれなかったし、筆者もきょとんと聞いていただけだったが、今考えてみると、彼女がどういうつもりでそう言ったのか、落ち着かない心地になってくるのである。

こけしは、本来「小芥子」という字を当てる。「芥子」というのが、女の子が初めて髪を結い始めた時の髪形を指すので、その名前自体が女児を表すという説もある。こけしというのは、小さな女の子を表現した人形なのだ。

そして、女児というのは、貧しく食い扶持《ぶち》が少なかった時代、切実に必要とされていた労働力にならないため、間引く対象になった子供でもあった。

こけしは「子消し」なんだよ。

Sちゃんの真剣な声。

こけしは間引かれた子供の代わりであり、鎮魂の人形でもあったのだ。

それにしても、首をひねると音が鳴る、とは。その行為に別の意味があることを考えると、複雑な気分にならざるを得ない。

首。

恐らく、無意識のうちに、今日こうして将門の首塚にやってくることと、こけしを結びつけていたのだ。

まるで呼び止められたかのように、黒い木箱の前で足を止めた時に。

Sちゃんは、女ばかり三人の姉妹の末っ子だった。評判の美人姉妹で、両親はたいへんな子煩悩だったと聞く。しかし、その優しい父がこけしのコレクターであり、こけしの裏の言い伝えを誰かから聞かされたSちゃんが、あの時深くは説明しなかったことが今更ながらに気にかかる。

風の噂に、いちばん上のお姉さんが婿養子をとって旅館を継いだと聞いた。Sちゃんは、うんと年上の男に嫁いだとも。

「あ、ここにしようよ。ワインショップが経営してるから、いいワインが安く飲めるって聞いたわ」

B子に促されて、大通りに面したシックなカフェに入った。暖かいので、通り沿いの席がオープンになっている。

パソコンを広げているビジネスマンや、上着を脱いでワインを飲んでいるグループがゆったりと過ごしている。本を読んでいるTシャツ姿の若い男の子もいる。

奥のソファ席に落ち着き、二人でメニューに見入った。

不意にけたたましい歌声が流れてきて、皆がちらっとそちらに目をやる。

最近よく見る、トラックの側面が巨大な画面になった広告用の車両だ。

一生このままで成長しないのではないかと思われる、恐ろしく顔の小さい、子供のような男の子たちが歌いながら踊っている。

画面に目をやった客たちは、無表情に少年たちを一瞥《いちべつ》すると、すぐにまた会話に戻った。

たちまちトラックは通り過ぎ、店の中に静寂が返ってくる。

B子は右手で無意識のうちにテーブルの上を探っている。灰皿を探しているのだ。

「喫煙席に移ろうか？」

そう声を掛けると、B子はハッとしたように苦笑した。

「大丈夫よ。このままでいいわ」

テーブルの上をさまよっていた手は、照れたように髪を撫でた。

ここでは、B子はお釈迦様になることはできない。

アルコールを注文することに、かすかな罪悪感を覚えた。

今も間引きは続いている。

産んでから間引くか産む前に間引くかだけの違いだ。産まないということも、最も効果的な間引きかもしれない。

さまざまな手段で間引かれた子供たちの代わりに、巷《ちまた》にはペットやキャラクター商品が溢れる。映像の中から、いつまでも成長しない永遠の子供たちが、我々のための鎮魂のアイドルが、人形のような完璧な笑顔で我々を見つめる。

Piece三、花の下にて

そういえば、今年の桜は開花してから気温の低い日が続き、例年よりも長持ちしたらしい。近年、あまりに早く開花してはさっさと散り、入社式にも入学式にも間に合わないという事態が続いていただけに、四月上旬いっぱい見頃が続いた今年の桜は、花見の自粛とあいまって、どこか息を潜めて咲いているような異様さがあった。個人的にも打ち合わせの帰りに近所の公園でひっそり咲き誇っていたのをほろ酔い状態でつかのま足を止めて見たのが、唯一の花見だった。

マイクロバスから見えるのは一面の青々とした葉桜で、桜という木は花が咲いていない時は至って地味に風景に溶け込んでおり、花が咲いている十日ばかりの極端な存在感との落差が激しい。

「道、混んでるねえ」

そう隣で呟《つぶや》いたB子の声がやや不機嫌そうに聞こえたのは、例によって煙草が吸えない時間が長引いているせいだろう。

確かに、千葉方面から都心に戻る幹線道路は先ほどからかなりの渋滞で、なかなか進まない。ぼんやりしていて気付かなかったが、道路沿いに植えてある葉桜の並木も、車が動かないのでずっと同じ木を眺めていたようである。

「知らなかったよ、東京都の霊園が松戸にあるなんて」

「ほんとに」

筆者とB子は、マイクロバスのいちばん後ろの座席でひそひそと囁きあっていた。バスは松戸市にある八柱《やはしら》霊園から都心に戻るところである。

「でも、あの霊園、昭和十年にはもう東京都が買ってるんだよ。当時は東京市だったけど」

「あんなべらぼうに広い土地を？」

「うん。既にその後の需要を見越してたわけだ」

「一九三五年——まさか戦争を予想してたんじゃないよね」

B子はひきつった笑みを浮かべた。

喪主であるヒロシは親族と共に先頭のほうに座っているので、今日はまだほとんど言葉を交わしていない。

ヒロシは我々二人と同じゼミであり、我々二人は真面目な彼にひとかたならぬ世話になっていた上に、在学中も卒業後もたびたびつるんでいた。

彼の父上は酒類卸販売の傍ら飲食店を幾つか経営していた人で、筆者とB子も面識があった。酒好きで豪快、明るく社交的な人で、貧乏学生だった我々を気に入り、ずいぶんいい酒を飲ませてくれたものである。だから、その父上が亡くなったとヒロシから聞いて、二人で通夜に行くことにしたのはいいが、待ち合わせ時間が早すぎた。酒好きな故人を追悼しようとB子と昼間から蕎麦屋に入ってしまい、へべれけになって通夜に行き、親族の顰蹙《ひんしゅく》を買ったのである。母上は数年前に他界していたため、喪主となったヒロシは苦笑していたが。

なんとなく流れで納骨にも立ち会うことになったが、考えてみると筆者は自分の親族でもお墓まで行ったことがなく、納骨というものに立ち会うのは、実はこれが初めてのことである。

「お墓参りとか行ってる?」

B子に聞いてみると、首をかしげた。

「高校生くらいまでは親と一緒に行ってたけど、そのあとは全然」

墓参も掃苔《そうたい》も日頃の習慣にないため、都立の霊園というのがどういうものなのかよく分からなかったが、多磨、雑司ヶ谷《ぞうしがや》、谷中《やなか》、青山といった名前は知っていた。

「霊園ってさ、公園の一部って扱いなんだよね。東京都の公園を管轄してるところが管理してるの。さっきのところも公園墓地なんだって」

「確かに、公園みたいなスペースもあったし、普通に遊んでる家族連れもいたもんね。緑も多いし、そんなに墓地——って感じじゃなかった。あそこのお墓って、都民しか入れないの？」

「敷地を提供してるから、松戸市民も入れるらしいよ」

「だよね。でなきゃヒドイよね」

B子は大きく頷いた。

一〇五万平方キロという広大な霊園の入口に辿り着いた時は度肝を抜かれた。霊園の前はまるまるひとつの町が石屋さんと仕出し屋さんでできており、その一角には喪服を着た人たちしかいないのである。まさしく、死者の町なのだ。

中に入ってからも、あまりの広さに圧倒された。どちらを向いてもお墓なので、すぐに方向感覚を失い、どこにいるのか分からなくなる。迷子になっても全く不思議ではない。実際、ヒロシとお坊さんも「あっちだったっけ？」「いや、こっちだ」と歩きながらところどころで迷っていた。

「東京市の読みが当たったのか、昭和四十五年以降ずーっと、都立の霊園って満杯だったらしいよ。身寄りが亡くなって、管理費が払えなくて『返還』されたお墓には申込みできるけど、そんなところはほとんど出ないから、三年に一度しか募集してなかったんだって。でも今は結構空きがあって、昭和六十三年あたりから毎年募集してるみたい」

「バブルの時は、お墓がない、あっても高くて買えないって騒いでたもんね」

「今でも、青山霊園のお墓がダントツで高いの。次が谷中」

「やっぱり地価に比例するってこと？」

「ブランド名かも」

「青山だから？」

霊園の中、どこまでもえんえんと続く墓石を見ながら、筆者はずっとひとつのことを考えていたのだった──『エピタフ東京』について。

エピタフ。墓碑銘。

日本のお墓には、墓碑銘のあるものはほとんどない。

谷崎潤一郎のお墓ではないが、せいぜい「愛」とか「寂」とか「安らかに」とか、ごく短い言葉が刻まれている程度だ。

欧米では長かったり、謎めいていたり、シニカルだったり、ユーモラスだったりする墓碑銘が多く、それだけを集めた本が出されているほどだ。

最も有名で謎めいたものとしては、シェイクスピアの墓碑銘の最後の一文、「我が骨を動かす者に災いあれ」がよく知られている。

ようやく、マイクロバスが飛ばし始めた。幹線道路の合流地点で渋滞していたらしく、急に流れ始める。

暖かい日で、鉄橋の下の川面が明るかった。

『エピタフ東京』。

筆者はここ数年、ずっとそのタイトルが頭から離れなかった。

いつ思いついたのか、いつから考えているのかは思い出せない。

それは、筆者が書かねばならないと思っている、東京をテーマとした長編戯曲になるはずだった。期限が決まっているわけではないけれど、できるだけ早く完成させなければならないはずの戯曲。

気ばかり焦り、いつも心の隅で宿題のように重くのしかかっている。

東京をテーマにするといっても、あまりにも漠然としていて、あまりにも選択肢が多すぎる。だから、吉屋の「死者がポイントだ」という一言は、ある意味、啓示のように感じられたのだが。

それとは別に、さっき広大な死者の園を歩きながらも、筆者は本物の墓碑銘について考えていた。

東京にふさわしい墓碑銘とは何か――

遥かな未来、地球に降り立った異星人が掘り出した遺跡。あるいは、うんと進化した人類、変貌した人類、もしくは人類にとって代わった別の生き物が東京の存在を発見した時、そこに刻まれているべき墓碑銘とはなんだろうか。

目の隅に、さまざまな墓石が入っては過ぎていく。

たまに刻まれている短い墓碑銘を目に留める。

「感謝」「心」あるいは、聖書の一節。

ふと、ある一文が浮かんだ。

「あの頃はよかった。」

東京の墓碑銘としてどうだろう?

「あの頃はよかった。」

都市はいつだって、過去のほうがよかった。平成ならば昭和が、昭和ならば高度成長期が、大正のデカダンが、明治の青雲の志が、最もオリジナリティに満ち、洗練された文化のピークであった江戸時代が。

だが、筆者が考えなければならないのは、実際の墓碑銘ではなく『エピタフ東京』のほうなのだ――どこに手がかりが、ヒントがあるのだろうか。

「今日は、朝早くからありがとう」

ハッとして顔を上げると、いつのまにかヒロシが我々の席のところまでやってきていた。

「ううん、お疲れ様。大変だね、喪主は」

B子がヒロシをねぎらう。

「納骨が済んでホッとしたよ」

ヒロシも素直に安堵の笑みを浮かべた。

「こないだはごめんね、お通夜どろどろで」

謝ると、ヒロシは「はは」と笑った。

「うちの親父も、二人が来てくれて喜んでたと思うよ」

そう言って、ふと顔を上げた。

「親父を最後に見舞った晩さ、桜の木の前を通ったんだ」

その視線はどこか遠い。たぶん、その晩の桜を目にしているに違いなかった。

「病院で面会済ませて、その時はまだ意識もしっかりしてた。で、帰り道の途中、小さい公園に古い桜の木があるんだけど、そこだけ満開でね」

肌寒い早春の夜、足早に自宅に急ぐ男。

ふと、何かの気配を感じて何気なく振り向く。

　すると、暗闇の中にぼうっと桜色に光る満開の花。

　ぎょっとして足を止める。

　凍りついたように花から目を離すことができない。

　暗闇の中、桜と男は一対一で向かい合っている。

「実は、匂いがしたんだ」

「なんの？」

「親父が大好きだったウイスキーの匂い。桜の木の前で、それがツンと匂った。それで、足を止めて、それから桜に気が付いた」

「へえー。実はお父さん、病室でこっそり飲んでたんじゃないの」

　B子が突っ込む。

　ヒロシは笑った。

「いや、ほんと、飲ませてやりたかったんだけどね。で、その時、ああ、きっと今親父が死んだんだなって思ったんだ」

　ハッとして、B子と筆者は顔を見合わせた。

　ヒロシは小さく手を振る。

「そしたら、案の定、すぐに病院から電話が掛かってきてね。急に意識がなくなって、集中治療室に運ばれたって。そのまま亡くなったよ。ああ、やっぱりあの時、好きだったウイスキー、向こうに飲みに行っちゃったんだなって。花見酒も大好きな男だったしね」
「お通夜の時の桜も綺麗だったね。桜咲いててよかったね」
そうなのだ、お通夜でB子と斎場に着いた時、その敷地に並んで植えられていた桜が満開だった。

夜の外灯と斎場の明かりに浮かび上がる、爆発したような満開の桜を目にして、一瞬鳥肌が立った。不謹慎だと思いつつも、桜の下で喪に服している人たちが、とても美しく見えたのだ。

古くから言われてきたように、桜の下には鬼が立ち死体が埋まっている。

千鳥ヶ淵や靖国神社でも花見をしたことがあるが、夜桜の下、影絵のように動き回り笑いさざめく人々が、ほんの一瞬、生きていないのではないかと思う瞬間がある。ここにいるのはすべて死者ではないか。あるいは、死者がかなりの数まぎれこんでいるのではないか、と。

ふと、またぽつんと一文が浮かんだ。

「花の下にて。」

東京の墓碑銘に、これはどうだろう。

闇の中に咲き、去っていく者たちの記憶と共に散っていく。それこそが、掘り出された東京にふさわしいのではないだろうか。

Piece四、台所のストーンヘンジ

「ねえ、お酢がもうないよ」

「え、嘘。ストックがあるはずだけど」

「戸棚も探してみたけど、ないみたい」

遊びに来た友人に指摘され、食料のストック棚にしている戸棚を引っくり返してみたが、確かに見当たらない。ストックは切らさぬようにしていたつもりだが、買うつもり、買ったつもりで忘れていたのだろう。

気温が上がるにつれ、消費量が増えるものがある。

お酢だ。加齢とともに身体が欲するのか、年々使用量が増えているような気がする。

筆者には、二十年近く使い続けてきた穀物酢がある。ドレッシングもこれで作るし、そのままでも飲めるほど柔らかいお酢なので、日々かなりの量を消費している。創業百三十年近いという岐阜のメーカーのもので、知人に言われたその日に、慌てていつも通っているスーパーのお酢のコーナーに行ってみたらなくなっていた。商品の入れ替え時期なのかと思い、数日経ってからもう一度見たが、やはりない。

お酢の棚は結構広いのに、今回改めて並んでいるものをよく見てみると、国内最大手のメーカーのものがほとんどを占めている。同じメーカーでも昨今は用途別に寿司用、果実酢、サワードリンク用などの酢が出回っているので、ずいぶん沢山の種類があり、ラベルだけ見ていると同じメーカーのものだと気付かないのだ。

近年、何かにつけ言われるのは「シェアを取れ」ということだ。コストダウンが叫ばれる世の中では、ある程度のシェアを取らないと利益が出ない、という理屈である。いっぽうで、これだけ少数多品種の進んだ時代もなく、最近の経済行動学の調査では「あまりにも選択肢が多いと選ぶことができず、かえって購買意欲が落ちる」という結果まで出ているらしい。

先日台湾に行った時、このところ急速に売り上げを伸ばしているスーパーがあると聞いた。その店の方針は、シャンプーや洗剤、牛乳や砂糖など、それぞれの商品でいちばん売れているメーカーのものを一種類しか置かないのだという。一種類のみ大量に仕入れるので管理が楽だし、競合他社より安い価格で提供できる。しかも、買う時に迷わないので客の滞在時間が短く、そのことが回転率を上げているのだとか。

さて、使い慣れたお酢が見つからず、困ってしまった。舌に慣れた調味料を替えるのはなかなか難しいものである。近隣のよそのスーパーにも行ってみたが、探しているメーカーのものはどこにも置いていなかった。

ホームページを開いて、関東の卸し先の一覧がないか探してみた。しかし、たぶん卸し先の数が膨大なのと、一覧のメンテナンスが大変なせいか載っていない。見ると、銀座にサワードリンクのカフェを開くなど、大手とは異なる独自の路線を開拓しているようである。むろん直《じか》に通販で買えばよいのだが、筆者は今いち電子決済というものを信用していないため、ネットで買い物をしたことがない。

が、東京営業所が思いのほか近くにあるのを発見した。筆者の仕事場から歩いていける距離である。もしかして、小売りもしているのではないかと期待して出かけてみることにする。

住所は浜松町のオフィス街の中である。地図を見て見当をつけていったが、表示を順繰りに見ていっても該当する番地がない。日本の住所は頻繁に番地の番号が飛ぶ。この区画にあることは間違いないはずなのに。

こんなふうに、何かを探して街中《まちなか》を歩き回っていると、決まって思い出すのは諸星大二郎の「地下鉄を降りて…」という漫画のことである。もう三十年以上前に読んだ漫画なのに、今も印象は鮮やかだ。

ある日、会社の帰り道、地下鉄を降りてふとした気まぐれで辺りを散策しようとしたサラリーマン。いつのまにか見知らぬ地下街に迷い込み、どうしても地上に出られない。知らないうちにどんどん延びている地下街、いろいろなところに繋がっている地下街。夜になっても、終電が終わっても、外に出られない。疲れ切って座り込む男。近くにいたホームレスの男に、「みんなどうして迷わないんでしょう」と呟くと、実は彼ももう一カ月も出口を探しているという。彼は言う。「この大都会東京は、言われた通りに行動していれば至極便利で効率的な場所だけれど、いったん指示から外れた行動を起こそうとすると、たちまち巨大な迷路と化すのです」

その通り、と頷きたくなる。まさか、すれちがうビジネスマンたちも、こちらの目的がひと壜のお酢だとは夢にも思うまい。大都会の白昼、お酢を探して炎天下を歩き回っているなんて、ふと我に返るとひどく不条理な世界にいるような気がしてくる。

同じところをぐるぐる回っているうちに、とうとう、何度も通りかかった角のビルのテナント一覧の看板の中に、そのオフィスが入っているのを発見した。しかし、ビルの上のほうの階にあることや、何も案内が出ていないところを見るに、リテールを扱っていないのは明らかである。

考えてみれば、これだけ流通網が発達し、ネットでの通販が一般的になったのだから、わざわざ地代や維持費の掛かる店舗を持つ必要もないのだ。

同じ理由で、都心でもじわじわと買い物難民が増えていると聞く。大型店舗は郊外に移り、かつて街の中心部であった商店街の空洞化が進む。

こうしてお酢を求めて歩いているのも、まさに買い物難民状態である。通販などを利用しない消費者にとって、歩いていける範囲で手に取れないのであれば、どんなありふれた商品も存在しないに等しい。

先ほどの「地下鉄を降りて…」の結末。

地下街から出られない男は、ホームレスの男に「上へ上へと行きなさい」とアドバイスを受ける。少しでも上がり続けていれば、いつかは地上に出られるはずだ、と。

男はえんえんと努力を重ね、ひたすら上を目指す。そして、ついに光射す出口を発見し、歓声を上げて外に出る。

しかし、そこはなぜか高いビルの屋上だった。地面は遥か下のほうにあり、下に降りるにはまた暗い階段に、地下に戻らなければならない。

息苦しくなる男。もう地下には戻りたくない。また出られなくなってしまう。

追い詰められた男は、手摺《てすり》を乗り越え、身を躍らせる――

それはさておき、問題はお酢である。

つかのま街角でぼんやり突っ立ってこれからどうするか考えていたが、ふと、すぐそばにあるコンビニエンス・ストアに入ってみることにした。

通常、営業所があれば営業担当は真っ先にお膝元のエリアに営業を掛けるものだ。単純だが地の利というのは大きくて、「ご近所だから」という理由で商品を置いてくれることも多い。個人商店ではあるまいし、コンビニエンス・ストアは関係ないと思うかもしれないが、コンビニエンス・ストアはフランチャイズなので、当然共通の商品もあるものの、店によって品揃えはかなり異なる。元が酒類販売店などであれば、以前からの仕入れのルートは生きているかもしれない。

案の定、店に入ってみると、置いてあったお酢はまさしくそのメーカーのものだった。今までそこのものだと気付かなかったのは、コンビニエンス・ストアのプライベートブランドとしてのラベルが貼ってあったからである。だから、単なる偶然なのだが、こうしてお酢を求めてここに来なければ、このコンビニのお酢が探していたメーカーのものだとは気付かなかっただろう。

新たな発見の記念にそのお酢を買って帰った。

自宅の、もうなくなりかけたお酢のボトルと比べてみたが、ラベルが違うだけで中身は同じである。そして、プライベートブランドのほうが数円安い。

要は、プライベートブランドというのは、先の、台湾で急成長しているスーパーと同じ論理である。コンビニエンス・ストアでひとつの商品をひとつのメーカーに絞り、コンビニエンス・ストアのブランドを冠して売る。商品ごとに一種類しかないから、大量に仕入れられるので価格も抑えられる。このコンビニエンス・ストアの場合、全国に一万三千店以上の店舗がある。価格を抑えても取り扱い量としては悪くない。

しかし、価格競争がすべての世界はざらりと怖い。一種類か二種類のものしかない世界、二者択一あるいは何も選べない世界になっていく。一種類しかないものは、何かの拍子にある日突然消えてなくなってしまうかもしれない。

それにしても、東京には、眩暈《めまい》がするほどたくさんのコンビニエンス・ストアがあることよ。日本のコンビニは、アメリカとは異なる独自の進化を遂げた。チケット販売に公共料金の支払いなど、もはや社会的インフラとして欠かせない存在になっているのだ。

消費のしかたも変わった。コンビニに寄るのが習慣となり、ちょっと寄ってちょっと何かを買う。新しいお菓子やお弁当を買い、雑誌を立ち読みする。コンビニそのものが習慣になったのだ。お茶もおむすびも、少し前までは家で淹《い》れたり握ったりするのが当たり前で、買うことに抵抗があった。なのに、いつしか普通に買うものになっている。抵抗していたはずの高齢者が、今ではむしろそういったものを積極的に買っているし、コンビニを頼りにしている。

市場原理とはかくも面妖な、と思いつつ食料のストック棚をごそごそ片付けていたら、ふと奇妙なことに気が付いた。

節電と暑いのとで、キッチンの明かりを点《つ》けないで作業をしていたのだが、自然光が射し込んで、三つ口コンロの五徳の影が重なり合って壁に映るのだ。

それが、どう見てもストーンヘンジそっくりなのである。

もちろん、時間が経つにつれ少しずつ影が長くなっていくから、きちんとストーンヘンジに見える時間は限られている。時間帯によっては蜃気楼のように見えたり、遺伝子検査の結果みたいに見えることもある。

くだらない発見だが、「うちのキッチンにはストーンヘンジがある」というのはなかなか面白いではないか、と一人悦に入る。

そういえば、昔からストーンヘンジは五徳に似ている、と思っていた。ストーンヘンジは上に何かを載せていたのではないだろうか。

少しずつ形を変えていくストーンヘンジを見ながら缶詰や乾物を床に広げていると、標本整理をしているような心地になる。人類が食べ物の獲得と保存に気の遠くなるような努力を積み重ねてきたことに気が遠くなる。

それは、突然やってきた。

インスタント・コーヒーの壜を手に取った瞬間、ある場面がフラッシュバックのように目に浮かんだのだ。

昼下がりのキッチンで複数の女たちが話し合っている。

親戚ではない。赤の他人どうしの女たち。

たまにこんな瞬間が訪れる。こんな時はなるべく動かず、呼吸すらも押し殺して、その先の場面を見なければならない。この瞬間を逃してはならない。

なぜなら、これは『エピタフ東京』の一場面だからだ。

いずれ書かれなければならない東京の戯曲。

何を話し合っているのか、女たちの雰囲気はあまり和やかではない。むしろ、険悪な雰囲気が漂っている。

赤の他人どうしの女たちがキッチンで険悪になるのはどういう場面だろう。

ホームパーティ。いや、そんな感じではない。

遺品整理。親戚ではないのに？

そこで、唐突に、イメージは消えてしまった。

溜息をついて、標本整理を再開する。

しかし、『エピタフ東京』の舞台がキッチンで、女たちが主人公である、ということは分かった。

実は、ずっと迷っていた。主人公を男にするか女にするか。

ひとつのプランを持っていた。

ある重要な政治的人物が世を去る。寿命を全うした、老衰での死亡である。その大々的な葬儀のさなか、一人の中年男が警察に自首してくる。男はその重要人物を自分が殺害したと言い張るのである。妄想だ、さっさと帰れ、と相手にされない男。しかし、ある一人の警官がその男の告白に興味を持つ。男は、自分は吸血鬼であり、長いあいだ生きてきたと言い、その重要人物らが犯してきた犯罪のすべてを知っていると言うのだ――

むろん、これは吉屋の話の影響があることは否定しない。吸血鬼を名乗るあの男、東京の秘密を教えると言ったあの男。

それとは別に、吸血鬼というのは語り部として以前から注目していた。歳を取らず永遠に生きるというのがポイントで、彼の架空であるはずの告白に、昭和史の中の犯罪をいろいろ織り込んでいくという展開になるはずだった。帝銀事件や三億円事件、企業連続爆破や新宿西口バス放火事件、などなど。

女でのバージョンも考えていた。やはり女が嘘の自首をしてきて、私は吸血鬼ですべての女たちの犯罪を知っている、と告白し、さまざまな女たちの犯罪を自分の身の上に重ねてクロニクル的に語っていく。こちらは家庭内暴力に耐えかねての殺人や、銀行で巨額の使い込みをして男に貢いだ事件、アベックが広域で強盗殺人を繰り返した事件などが主になるはずだった。

どちらのバージョンにせよ、犯罪という最も都市と人間の光と影を映し出す鏡を中心に東京のクロニクルを語るという構成を考えていたのだが。

ソーダ水のボトルを並べ直しながら、たった今、頭に降ってきた場面について考える。

なるほど。

つまり、『エピタフ東京』とはそういう話ではないのだ。大上段に構えて、東京の犯罪史を上からえんえんと語るような、大文字の物語ではないらしい。

キッチン。

床にしゃがみこんだまま、ぐるりと見回す。

確かに、ここには愛もあれば秘密もある。毒も薬も凶器もある。ストーンヘンジまであるのだから、物語の舞台にふさわしい。キッチンから始まる、小文字の物語。

オイル・サーディンの缶詰。コンビーフの缶詰。缶詰はそこにあるととても安心なのに、同時にどこか滑稽で侘《わび》しい感じがして、小文字の物語にふさわしい気がする。

そういうことなのか。

買ってきたお酢を戸棚に入れ、ばたんと戸を閉める。

『エピタフ東京』は、小文字で語られる東京の物語なのだ。

例えばそれは、ひと壜のお酢を探す話かもしれないし、ひと壜のお酢も手に入れられない話かもしれない。

Piece五、旅する絨毯

今度は壜詰めのオリーブをくれた。しかも、唐辛子入りのと、にんにく入りのと、ふた壜。これでも半分にしてもらったのだ。種入り黒オリーブとハーブ入りオリーブの壜もくれるというのをやっとのことで断った。

前回は、紙袋いっぱいのざくろをくれた。ざくろと言えば鬼子母神《きしもじん》の話しか思い浮かばないが、いったいいつ以来食べるのか思い出せなかったので、ユーチューブの「ざくろの剝き方」の映像を参考に、水を張ったボウルの中で皮を剝き、慎重にすべての粒を取り出した。なにしろ、うっかり潰して服に果汁が飛ぶとなかなか取れない上に、色からしてスプラッター映画の様相を呈すのである。

冷やして食べてみたらとてもおいしくて、何日もかけて食後のお愉《たの》しみにした。

ここはペルシャ絨毯《じゅうたん》店である。

店番をしていた店員は、持ち帰り用に絨毯を包むのに奮闘している。

仕事場に、腰にいいという五本足のキャスターの付いたオフィスチェアを二台入れたのはいいが、動かすとゴリゴリ音がしたり床が傷ついたりするのが嫌で、椅子の下に厚めの絨毯を敷くことにしたのだ。

本来、絨毯は薄いものほど高級だという。

以前、トルコ共和国の絨毯工場に行った時に受けた説明によると、薄くて表と裏の模様が同じくらいくっきりしているものが良い品だそうだ。なぜなら、トルコでは夏は絨毯を裏返して使うためで、糸が飛び出していたり、模様が切れていたりという「いかにも裏」と分かるものは二流品とのこと。

しかし、筆者はオフィスチェアのクッションにすることが目的なので、いわゆるペルシャ絨毯のイメージである華麗で繊細な模様のものではなく、ギャッベと呼ばれる厚地で素朴な柄のものを求める。こちらは何年も掛けて織るような絨毯の値段に比べればかなりリーズナブルであるが、それでも気軽に買える値段ではないので、半年前に一枚、今回一枚と買い足したのだ。そうしたら、前回はざくろ、今回はオリーブをお土産にくれたというわけなのだ。どちらも、郷里から送ってもらったものだという。

ペルシャという名前は聞いたことがあっても、それが現在どの国のことなのか聞かれたら、一瞬迷うのではないだろうか。世界史で習った「ササン朝ペルシャ」という名前を思い出す人もいるだろう。

正解はイラン。近年は『友だちのうちはどこ？』『そして人生はつづく』などの、アッバス・キアロスタミ監督の映画のイメージが強いかもしれない。

店員は向こうの人らしく彫りが深く濃い顔なのでいかめしく見えるが、たぶん筆者よりも十歳以上年下だろう。日本語も上手で、前に話した時、『ルバイヤート』の日本語版を読み比べている、と言っていたので、たまたま最近出た新訳の本を持ってきて渡したら、「これは持ってない」と喜んでくれた。

学生時代から感じていたのだが、最も生々しい日本語を話すのは、イランやアフガニスタンといった中東から来た人である。それは、彼らが日本と同じ地縁社会だからだと思う。韓国や中国の人たちは血族主義というか、家族主義だが、日本人は今いる場所のご近所に馴染《なじ》もう、溶け込もうという圧力のほうが強く、それと似たものを中東の人にも感じる。だから、彼らが「まあまあ」とか「やれやれ」といった、日本語の間投詞を使うと、やけに自然に聞こえるのである。韓国や中国の人は、日本語を覚えてもそういう「なあなあ」な表現は使わない。

「イスラム教徒はお酒飲まないでしょう。でも、『ルバイヤート』はやたら『お酒を飲もう、盃を干そう』というフレーズが出てきますよね。それって国民から見てどうなの？」

「うーん。オマル・ハイヤームは詩人でもあるけど、本業は科学者ですね。そっちのほうが有名だし、ずっとそっちのほうで尊敬されてきました。『ルバイヤート』を世界に紹介したのはイギリス人。イランで『ルバイヤート』が評価されるようになったのは、むしろ最近のことだと思います」

元々、ペルシャはゾロアスター教を信仰していた。ゾロアスター教は、お酒を禁じていない。ペルシャがアラブに征服されてイスラム教に改宗させられたのは七世紀のことだが、オマル・ハイヤームが生きた十一〜十二世紀にも、かつての信仰であったゾロアスター教の下地はまだ残っていたらしい。

もっとも、オマル・ハイヤームの詩に登場する酒は決して明るいものではない。生は一瞬のものであり、人生は無から生まれて無に還る。ひとときの憂き世のうさを忘れるために酒を飲もう、という趣旨のものだ。『ルバイヤート』が虚無を歌った四行詩、と呼ばれる所以《ゆえん》である。

虚無と酒、と聞けば、ミステリー好きとしては、中井英夫の『虚無への供物』のタイトルの基になったポール・ヴァレリーの詩の一節を思い出さずにはいられない。

『虚無』へ捧ぐる供物にと
美酒すこし　海に流しぬ

いと少しを

「お待たせしました」

ハッとして我に返ると、包み終えた絨毯を店員が差し出している。

礼を言って受け取り、店を出た。

そんなに大きな絨毯ではないのだが、坂道にさしかかると、ずっしり重力が増した気がする。ふうふう言いながら自宅に向かう。

畳の上に絨毯を敷くようになったのは、昭和四十年代から五十年代にかけての、比較的新しい習慣のような気がする。その後は日本の住宅から和室そのものが消えていったからだ。それ以前は、絨毯というのは「織物」――要は、タペストリーとして飾りに使われていたのではなかろうか。

その名残があるのが、京都の祇園祭である。

山鉾《やまぼこ》と呼ばれる山車《だし》には「前懸《まえかけ》」「胴懸《どうかけ》」「見送り」なる幕がかかっており、そのほとんどがタペストリーである。この中には少なからぬ船来物の織物が含まれていて、昔から競って珍しいものを入手し、山鉾を飾ったという。現存しているものだけでも、中国明朝時代の織物にインド更紗、ベルギーのゴブラン織り、ペルシャ絨毯にトルコ絨毯まであるのだ。

壁に、布が掛かっている。

そのイメージは、『エピタフ東京』がキッチンから始まる、小文字の物語であると気付いた時から漠然と浮かんでいた。

織物なのか、キルトやパッチワークの類なのかは分からないが、壁に何か印象的な布が掛かっている。そんな舞台をイメージしていた。

女たちの物語である（らしい）からには、布を出したい。キルトにしろ、織物にしろ、布には少なからぬ時間が、歳月が込められている。壁に掛かった布には、女たちの不穏な歳月が込められているはずなのだ。

キルトやパッチワーク、織物といった女たちの手仕事にはうっすらと恐怖を感じる。ひと針ひと針、あるいはほんの数センチ織るのに、どれだけの時間が掛かっているのか、いったい何を考えながらその作業をしているのかを考えると、空恐ろしいような気がしてくる。それが純然たる愛情のみであると信じられる人は幸せだろうが、筆者はネガティブな感情のほうをつい想像してしまうのだ。

昔読んだ小説を思い出す。ジグソー・パズルのマニアという女性が出てきた。彼女の夫は病的なまでの浮気性である。彼女は、夫が帰ってこない夜に黙々とジグソー・パズルを作り続けるのだ。浮気のひどい年ほど、彼女の作品は増えていく。パズルのピースに込められた恨みつらみの大きさに、読んでいて震え上がった。どうもその印象が、女たちの手仕事に重なっているような気がする。

『エピタフ東京』の女たちは、それぞれに問題を抱えている。壁のタペストリーはその象徴だ。恐らくは、その問題が、彼女たちの足をその場所に運ばせ、結びつけているのだ。

訪ねてくる女たちは、手土産を持ってくる。女が誰かの家を訪ねる時は、必ず何かを持っていくはずだ。

冒頭の場面。

印象的なタペストリーが壁に掛かっている部屋に、白いビニール袋を提げた女が入ってくる。

「はい、お土産」

女は、そのビニール袋を部屋の主に差し出す。

ビニール袋の中身は、果物だ。

しかも、女がこの時ビニール袋に詰めてもらったのは、絶対に「皮を剝く」果物でなければならない。夏みかんに梨、桃に葡萄《ぶどう》。自宅用にはあまり買わないけれど、人に持っていくのならば買ってもいいなと思うような果物。子供の頃にはよく食べていたが、最近あまり食べていないないなと感じる果物。

びわ。柿。いちじく。あるいは、ざくろ。

そう、ざくろがいいかもしれない。話題性のある果物。会話のきっかけによさそうだ。受け取った女の声が聞こえてくる。

「これ、なあに？」

「ざくろよ」

「あら、懐かしい。子供の頃はよく食べたわ。しばらく食べてないなあ」

「でしょう。なんとなく、食べたくなったの」

「ざくろってどうやって皮剝くんだっけ？」

「貧血にいいんでしょ？　女の人に効くんだって」

うまい具合に話が転がっていく予感がする。

ただ、ざくろは他の果物に比べて象徴性が強いので、観客になんらかの先入観を与えてしまう可能性がある。

ジューシーな種がびっしり詰まったざくろの実は、洋の東西を問わず、多産と豊穣のシンボルである。ヨーロッパでは不死のシンボルともされる。面白いのは、キリスト教世界ではびっしり並んだ種を信者になぞらえ、ざくろを教会のシンボルとみなすことだ。日本の場合、ざくろといえばやはり仏教的シンボルであり、鬼子母神の話を連想させるだろう。

鬼子母神は、一説には一万人もの子供がいたとされ、末っ子のことをとりわけ溺愛していた。ところが、この神様、好物は人間の子供なのである。ほうぼうから人間の子をさらってきて、殺してバリバリ食べてしまう。

あまりにもむごい、と人々は仏陀に訴える。そこで仏陀は、鬼子母神が人間の子をさらいに行っているあいだに、鬼子母神の末っ子を隠してしまった。

戻ってきた鬼子母神は、末っ子の姿が見えないことに気付き、半狂乱になってわが子を探し回る。

そのさまを見ていた仏陀は、鬼子母神をこう諭《さと》す。

おまえは一万人も子供がいるというのに、たった一人子供がいなくなっただけでそんなに大騒ぎをする。なのに、せいぜい五、六人しか子供を持てない人間の子をさらって食べるなどという残酷なことをなぜできるのか。

鬼子母神は悔い改め、これからは子供と子育ての守り神になると誓う。

一説ではその際、今後は人間の子の代わりにこれを食べよ、と仏陀が鬼子母神に差し出したのがざくろだということになっている。

この挿話から、鬼子母神は、子供を食べていた頃の鬼女の姿か、手にざくろの実を載せた慈悲の姿かのどちらかで表される。

最も脅威であったものが最も強力な守護神になる、という典型的な例だが、最も頼りになる守護神である母親は、実は最も残酷な支配者になりうる、という真実を示しているような気もする。

ともあれ、この強烈なエピソードのせいで、舞台の上でざくろを差し出す女の姿を目にして、観客は無意識のうちに、母と子のドロドロした話を想像してしまうかもしれない。

それは、筆者としては不本意なのだ。

確かに、『エピタフ東京』に家族の物語は含まれているだろうが、そこまで母と子というテーマに重い意味を持たせるつもりはない。小文字で語られる話ではあるが、陰の主人公は東京なのだ。

だが、ざくろを剝いている女たちの会話が、聞こえてくる――

「そうだった、ざくろの中身ってこんな感じだった」

「すっかり忘れてたわ」

「にしても、結構、汁が飛ぶのね」

ざくろの果汁の飛んだエプロンの端を、流しでごしごしこすっている女。

「濃いわねー、なかなか落ちないわ」

もう一人の女がキッチンを見回し、壁やテーブルクロスに点々と飛んでいるざくろの果汁のシミを見る。

「見て、なんだか血しぶきみたいじゃない?」

「ホントだ、ちょっとしたスプラッターシーンだね」

この場面はなかなか魅力的だ。まるで、『マクベス』の魔女たちのようではないか。キッチンで女たちに解体される肉体。キッチンで解体される家族。

そういう暗喩としては、ざくろはぴったりかもしれない。

大都市東京が何十年もの時間をかけて解体してきたのも、家族であったり、地域であったり、共同体だったりするのだから。

仕事場で買ってきた絨毯をほどくと、すぐにその場に敷いて、オフィスチェアを載せてみた。

イランの山岳地方で織られた絨毯がはるばる旅をしてきて、狭い東京の一室でキャスター付きの椅子を載せている。

異国の女たちの時間が込められたもの。

なるほど、坂道で感じた絨毯の重さは、織られた歳月の重さと運ばれた距離の重さだったのだ。

Piece六、音の地図

空は灰色がかった白さで、辺りの景色も白っぽく見えた。影がないので、のっぺりした書割のようだ。

鴨川沿いを歩いていると、時折思い出したように暴力的な川風と共に粒の大きな雨が吹き付けてくる。道は分かり易いがやはり川沿いは風が強いと思い直し、一本内側の通りを行くことにした。それでも、めちゃめちゃな方向から風が頰を張り、華奢《きゃしゃ》な折りたたみの傘が絵に描いたように裏返しになった。

取材で京都に行くことになり、ついでに久しぶりに友人に会おうと、一日早く京都入りすることにしたのである。

ちょうど大型の台風が室戸岬から上陸して北上中で、東京から台風を出迎えにいく形になってしまった。長い傘を持つのが面倒なのと、台風というのは地形によっては意外に暴風圏内でも雨が降らなかったりするしと思い、東京も晴れていたので折りたたみの傘にしたが、この強風ではまるで役に立たない。

東京からの途上、雨のひどいところがあって、新幹線が止まるのではないかとひやひやしたが、京都に着いた時はまだ雨は降っていなかった。

一本内側の通りに入ると、人気《ひとけ》がなく通行人も見当たらない。

鴨川はそんなに増水していなかったが、鴨川に流れこむ狭い水路は、どこも茶色い濁流がごうごうと渦巻いている。

京都は台風に直撃されたことがほとんどないという。数少ない例が一九三四年九月の室戸台風で、超大型台風が大阪湾を淀川沿いに京都まで上がってきたそうだ。先日、摩周湖の霧がどこから来るかというドキュメンタリーを見ていたら、海風がやはり川の上を通って遡上し、摩周湖の周りの山を乗り越えた時にそこで大量の霧になるという説明だった。川というのはやはり通路なのである。逆に、これだけ風水害の多い日本でほとんど台風の被害に遭っていないというのは、京都が四神《しじん》に守られた都だからだろうか。

暴風雨の街というのは、逆に奇妙な静けさを感じさせるものだ。

二年ほど前に、久しぶりにオーディオ用のヘッドフォンを新調した。業務用のオーディオで有名なメーカーのもので、電池を入れないと聴くことができない。面白いのは、スイッチを入れると無音になることだ。飛行機の中で、耳栓代わりに使う人が多いというのも納得で、喧噪の中でスイッチを入れると、たちまち音が遮断され、スタジオ内のような静寂に包まれるのである。

どうなっているのかと聞いたら、周囲の音を察知して、それと相殺できる音を出すのだという。音をぶつけて音を消す、というのがちょうど暴風雨の静寂みたいなものだな、と思った。

普通に生活していると、なかなか完全な無音状態というのは経験できない。むしろ、ある程度ざわざわしているほうが集中できたりする。喫茶店やファミリーレストランで原稿を書くほうが集中できる、という人が多いのも頷ける。

それ以上に、普段は意識していないが、頭の中でも常にいろんな音が鳴っているものである。

筆者はここ数年、資料として大量のピアノ曲を聴いているのだが、来る日も来る日も繰り返し聴いていたら、バルトークのピアノ・ソナタが頭から消えなくなってしまった。何かのきっかけで脳内演奏が始まると、かっちり最後まで演奏されてしまうのだ。忘れている時は忘れているのだが、とある拍子に出だしの部分を思い出してしまうと、終わるまで止まらない。

これは極端な例だが、それでなくとも、普段から頭の中でいろいろな音が流れている。音楽とは限らない。人の声や車の音、雑踏の音なんかも頭の中で「聴いている」ような気がする。

筆者の場合、直近に書いた原稿の文章を無意識のうちに繰り返していることがよくある。

自分で書いて強い印象の残っているものなど、知らず知らずのうちに、自分の声で読みあげていたりする。

自分の行動に、脳内で勝手にBGMをつけている人も多いのではないだろうか。自分のテーマソングを決めている人も何人か知っている。

学生時代、音楽サークルにいた時、自分が初めて買ったレコードを告白する、というイベントがあって、これがなかなか面白かったことを覚えている。アイドル歌手やムード歌謡、カントリーやヘヴィメタルなど、それぞれの恥ずかしい（たぶん消し去りたいと思っている）過去が白日の下に晒されるのである。

筆者の場合は映画のサウンドトラックだった。それも、いろいろな映画のテーマを集めたもの。子供の頃は、映画音楽が最高にカッコいいと思っていた。まだタイアップなどという言葉もなく、映画のイメージと音楽が分かちがたく結びついていた時代の。

そういえば最近、フィルムのメーカーが化粧品を売り出したのが話題になったけれど、その最新CMで流れている曲が懐かしいと思ったら、映画『ロシュフォールの恋人たち』のテーマだった。これはフランスの巨匠ミシェル・ルグランの曲。ミシェル・ルグランといえばライブを見たことがあるが、自分のソロの前に必ず両手の指をぺろっと舐《な》めるのが印象的で、ルグランのＤＮＡ鑑定をしたければ、あのピアノ、即押収だな、と思ったのを覚えている。

ＴＶドラマのテーマ曲にも印象的なものはいろいろあるが、エポック・メイキングでＴＶドラマ音楽史（そんなものがあるのかどうかは知らないが）に残るであろうものは、ＮＨＫの『阿修羅のごとく』だろう。あの強烈なテーマ、チャルメラを激しくしたようなガツンと来る音は、一度聞いたら忘れられない。トルコの軍楽隊の曲だとあれで一躍知られるようになったが、独特の音階はグロテスクでユーモラスでもあり、ドラマの内容にぴったり合っていた。

テーマソングというわけではないけれど、『エピタフ東京』には、『阿修羅のごとく』のような、印象的な曲を一曲だけ、途中で繰り返し何度か流したいと思っていた。オリジナル曲ではなくて、既にある曲。八〇年代の小劇団は、よくエリック・サティの「ジムノペディ」やイエロー・マジック・オーケストラの「ビハインド・ザ・マスク」を使っていたが、あんなふうにインストゥルメンタルの印象的な曲を使いたい。

進行中、あるいは構想中の作品というのは、いつももやもや漠然として、意識の水面下や表面でチラチラ反射する光のように、とらえどころがなく形にならない。たまにキラッとちょっとだけ光ったりするのだが、すぐに見えなくなるし、水面から眺めてもきちんと輪郭が摑めない。

現在、乱暴にバサッと吹き付けては髪や肩を濡らす雨のように、散歩中の筆者の中で、まだらになった『エピタフ東京』の影がそこここで浮かんだり沈んだりしているのだった。

迷ってうろうろした挙句、やっと目指す看板が見つかった。

台風で休みだったらどうしようかと思っていたが、開いているようだ。

ドアを引くと、ずっしりと歳月を経た、それでいて乾いて清浄な空気がサッと流れ出してきた。

足を踏み入れたとたん、内装や照明に懐かしさを感じる。レンガ造りの壁、オレンジ色のランプ。そして、ずっしり下腹に響くトランペットは、壁面に据えられた大人の身長ほどもある巨大な二本のスピーカーから流れてくる。

壁に掛かったレコードジャケットは「スタディ・イン・ブラウン」。

こうしてジャズ喫茶でクリフォード・ブラウンを聴くなんて、いったい何年ぶりだろう。ましてや、ずっと行きたいと思っていた、京都の老舗ジャズ喫茶Yなのだ。

客は筆者一人。この天候では、無理もない。時折、突風で入口のドアが大きく煽《あお》られるのでびっくりする。

一日で地元の人間でないと知れたのか、「どちらからいらしたんですか」と女主人が話しかけてきた。他にお客もいないので、しばらく雑談して、店の中を見せてもらう。いろいろな小説にも登場してきた店だ。奥のレコードキャビネットに囲まれたコーナーは、これまで写真でしか見たことがなかったので、じっくり眺める。

ジャズ喫茶という形態の飲食店は、日本にしかないらしい。いかにも、レコードが高価だった時代に生まれた商売である。

わざわざ人の家を訪ね、お金を払って、レコードを掛けてもらい謹聴する、というのだから。しかし、今でも思いっきり大音量で音楽を聴くのは難しい。ヘッドフォンで聴くのもいいが、閉塞感がある。たまにこうして、巨大なスピーカーで音楽を聴くと、普段いかに何も「聴いて」いないかを痛感する。あらゆるものがBGM化しているので、なかなか集中して音楽を聴けない。

最初は隅っこに座っていたが、「好きなところで聴いてください」と言ってもらえたので、スピーカーのあいだのまん前に座る。コーヒーを飲んでいたが、ついギネスを注文してしまった。

会社に勤めていた頃は、たまに地方都市にぶらっと旅行した時に、ジャズ喫茶を起点にすることがあった。古い街にはたいがい一軒はジャズ喫茶がある。そういう店は、えてして文化人的な人が経営しているので、そこで地元のおいしい飲食店を紹介してもらったりしていた。

東京には伝説的なジャズ喫茶がいろいろあって、経営者がカメラマンや評論家を兼業していたりする。

ジャズとＳＦは似ている、というのが筆者の持論である。進化することが生来の目的であるジャンルは、進化も収束も早い。東京の高度成長のスピードと、ジャズとＳＦの進化はぴったり重なっていた。そして、あっというまに進化した両ジャンルは拡散していった。アニメも小説もドラマもみんなＳＦ的発想は当たり前になってしまったし、ジャズは心地よい、リラックスできる音楽として飲食店のＢＧＭになった。みんながジャズとＳＦになってしまったのである。

もっとも、その二つだけではなく、音楽にしろ、文学にしろ、ジャンルに分けられていたものは、やがて境界が溶けていく傾向にある。それどころか、今はアルバムや本といった物体も溶けようとしているのだ。曲は一曲ずつネットからダウンロードされ、テキストは電子化されモバイル端末に配信される。

マガジンラックを覗き込む。そういえば、「スイングジャーナル」も休刊してしまった。

台風の昼間、ジャズ喫茶で飲むギネスはなぜかぴったりな気がした。

すっかり寛《くつろ》いでしまい、スピーカーからの音圧を感じながらぼんやりする。

これだけの音を浴びているというのに、頭の中にはチラチラと別の音楽や、誰かの声が流れてくる。これはシューマンの「謝肉祭」の一部だろうか。ルービンシュタインのほうの。

ジャズ喫茶では、レコードは片面しか掛けない。ぼんやりギネスを飲んでいるうちに、既に壁のジャケットは四枚目に入っていた。

A面、B面という言葉も死語になったたし、そのうちレコードジャケットアートもなくなるだろう。

「枯葉」が流れてきた。

『エピタフ東京』の舞台に使うのは、ジャズのスタンダードナンバーかな、と思う。

時代性を感じさせるものは避けたいし、歌詞があるものもNG。『阿修羅のごとく』のように、インパクトがあるインストゥルメンタル。

ジョン・コルトレーンの「マイ・フェイバリット・シングス」はどうだろう、と思ったのは、京都にいるせいだろうか。

JR東海のCM、「そうだ 京都、行こう。」シリーズで一貫して使われている曲が「マイ・フェイバリット・シングス」という曲である。

元々は、『サウンド・オブ・ミュージック』というミュージカルで歌われた、オスカー・ハマースタイン二世作詞のナンバーである。タイトル通り、「私のお気に入り」という意味で、好きなものを列挙していく歌である。

実は、筆者は、以前からこの歌の暗い調子が気になっていた。

猫のひげにアップルシュトゥルーデル、薔薇に載った雨のしずく、小馬に雪。

そういう素敵な「お気に入り」を列挙していくというのに、なんだかやけに物悲しい、淋しい印象の曲なのである。こういう好きなものを思い出していれば淋しくはない、という趣旨の歌詞のせいなのだろうか。

ましてや、コルトレーンがソプラノ・サックスでえんえんと吹き続けるアルバムのほうは、前奏からして陰鬱な気配が漂っており、テーマが始まったとたんにしんみりしてしまうのである。

このバージョンを、『エピタフ東京』で、前奏から何度も流すというのはどうだろうか。オープニング、途中の重要な場面、もちろんラストも。それ以外に音楽はなし。思い出したようにこの曲が流れるのだ。

好きなものを並べていくこと自体、確かにちょっと淋しい行為かもしれない。「好きなもの」は代わりのものでは満足できない。逆にいえば、「好きなもの」は常に喪失の予感を帯びている。「好きなもの」には喪失の痛みが含まれているのだ。

私の好きなもの。昼下がりに飲むギネス。ギネスの載った黒い木のテーブル。古いレコードジャケット。レコードを包むカサカサした半透明の袋。雑誌のグラビアの匂い。

私の好きなもの。以前、「好きなものを三つ挙げてください」というエッセイの依頼を受けた時、そのひとつに「東京」と書いたことを思い出す。
男性客が一人、店に入ってきた。
雨交じりの風が、ザッと吹き込んできたのを合図に、引き揚げることにする。
明日は、久々に谷崎潤一郎の墓参りでもしようか。

drawing

品川駅の高輪《たかなわ》口から短いエスカレーターを上がると（大した長さのエスカレーターではないのに、いつも吸い寄せられるように、このエスカレーターに乗ってしまうのはなぜだろう。例えば幼児はみな動くものに興味を示す。動クモノ＝食料＝直《タダ》チニ追イカケナケレバナラナイ、という太古の記憶が残っているのか）、高い天井に反響する雑踏の音が潮騒のように身体を包む。早足で改札口に吸い込まれていくビジネスマンたち。てっぺんに時計を戴いたトーテムポールのような柱の下で待ち合わせをしている人々。

品川駅の潮騒は（実際、駅を出てすぐに運河もあるし、品川駅は常に海の気配を湛《たた》えている）このまま新幹線の切符を買ってどこかに行きたいなという気持ちにさせる。

東京駅や新宿駅くらい大きくなってしまうと、もはや駅という感じではなく、ひとつの街だ。出かけていってホームに辿りつくだけで僕にとっては一大事業。とてもじゃないけど、通りかかってフラリと旅に出る、という感じじゃない（あ、でも東京駅の八重洲側にあるバスターミナルは素敵だ。長距離バスの離発着には、別の興趣がある）。だから、品川駅くらいがちょうどいい。本来の機能の駅として完結しているし、かといってローカルすぎず、ちゃんと都会の匿名性が獲得できる程度の規模のターミナル駅だし。

ブラブラと通路を歩いていく。楕円を描く天井のカーブは、なんとなく巨大なセキツイ動物の身体の中を歩いているような錯覚を起こさせる。ここでヤッホーと叫んでみたら、思わぬところからこだまが返ってきそうだ。いつも叫んでみたくなるのだけれど、周りの人を凍りつかせるだけだから、今日もやめておく。

かつての高度成長期の気配を残している高輪口から離れて、新幹線の改札が近付いてくると、昔想像していた「近未来」がそこにある。

通路沿いの柱にずらりと液晶の画面が並び、同じCMが映し出されているのを見ると、「ビッグブラザーが見ている」と思ってしまうのは僕だけではないだろう。歩いても歩いても、同じ広告が追いかけてくる。

そのまま港南《こうなん》口に出ると、そこはまるごと再開発された、のっぺりした機能第一の「近未来」。こっちが港南口で海に近いはずなのに、なぜか高輪口のほうが海の気配を濃厚に感じるのはどうしてなんだろう。

港南口のロータリーの上で空を一瞥してから踵《きびす》を返し、また歩き出す。駅ビルの通路沿いに店舗を構える、硝子《ガラス》張りのお洒落な惣菜店に入る。

硝子張り。硝子。碍子《がいし》。端子。電子。中性子。拡張子。思いつくままに口の中で呟いてみる。「硝子」で「ガラス」と読むのがいつも腑に落ちない。

ローストビーフを六切れ、トマトとチーズのサラダを二〇〇グラム、ブロッコリーとコーンのサラダを二〇〇グラム、豆とジャガイモのサラダを二〇〇グラム。お雛様みたいな、色白でちんまりした顔の女の子が惣菜を詰めてくれる。僕を見てニッコリ会釈してきたので、そういえば前にもこの子から買ったことがあるのを思い出す。

ありがとう。ううん、持ち歩きの時間は三十分くらいだから保冷剤はいらないよ。お釣りを受け取って店を出る。

以前は律儀に保冷剤を貰《もら》っていたけれど、家で料理をしない僕は、外食かテイクアウトだけなので、あまりに保冷剤が溜まるのに閉口し、最近はどこでも「持ち歩き時間は三十分」と言うことにしている。

このあいだ、レンタルビデオ店で借りて観た映画に、至極共感できる部分があった。

日頃から、同胞を描いた映画はなるべく観るようにしているのだが、それは北欧の映画で、我が同胞は可愛らしい小柄な女の子だった。彼女は親しくなった人間の男の子にキャンディを差し出され、「食べてみる」と恐る恐る受け取る。が、次のシーンでは、彼女は建物の裏で壁に手を突いて食べたものを苦しそうに吐き出している。哀れ、身体が人間の血液しか受け付けないのだ。

僕は血液を摂取するわけではないし、一応なんでも食べられるけれども、味があんまり分からない。ここの惣菜を買うのは、かなり塩分が控えめだから。外食はどうしても塩分が多くなりがちなので、テイクアウトの時はなるべく味の濃くない店を選んでいる。

再び、雑踏の心地よい潮騒の中に踏み出して、忙しく通り過ぎる人々の残像に触れ、空気に漂うエナジーを吸いこむ。そう、都市がありこの雑踏がある限り、僕が空腹になることはない。実のところ、品川駅が好きなのは、行き交う人々から吸い込むエナジーに雑味が少なく、中《あ》てられることがないからだ。

早い時間のバーも好きだ。ゆったりした時間が流れ、滞在する人々のエナジーもリラックスしていてかぐわしい。何も食べなくても文句を言われないし、僕はアルコールにめっぽう強いので、杯を干していれば長時間滞在できる。

こうして雑踏に浸って人々の名残を吸い込んでいると、彼らの記憶や感情も少しずつ僕の細胞の中に沈殿していくような気がする。やがては、次の僕にその記憶が受け継がれていくのだろう。

僕が自分のことを打ち明けると、みんなきょとんとし、やがては笑い飛ばす。僕の仕事仲間や飲み仲間は、僕のことを「ちょっと変わった人」という位置づけで見ているようだ。僕の四歳下の弟なぞは、仲良しだけれど「うちの兄貴は妄想癖はあるけど悪い奴じゃない」という程度の認識。仕方ない、彼は同じ母親のお腹から産まれたけれど、僕と違って普通の人間なのだから。

その弟と、高輪口からしばらく歩いたところのホテルで待ち合わせをしている。鼻歌を歌いながら、惣菜店の袋を提げて僕は短いエスカレーターを下りる。大型ホテルが幾つも聳《そび》える空をうっとりと見上げ、僕は坂道を上っていく。この中に、僕が都内に持っている塒《ねぐら》のひとつがある。

東京には多くのホテルがあるところも素晴らしい。ひとつひとつの窓にひとつひとつのエナジー。数限りない人生が交錯するロビー。誰もが演技する、ひとときのステージ。

だだっぴろいロビーのソファに座っていた男が、僕の姿を見て立ち上がった。久しぶりに会う弟。ダークスーツが身体に馴染んでいる。

「よお。待たせたな」

「兄ちゃんも変わんないね」

弟は大手ゼネコンで資材調達の仕事をしている。あちこち飛び回っているので、こうして二人で会うのはいつ以来か思い出せないほどだ。

「もう完成したんだっけ？」

「大部分はね」

彼の会社は、今、下町に巨大な塔を建てているのだ。古来の五重塔に構造を似せた、柔構造の白い塔。

「ちょっと部屋にこれ置いてくるから、一緒に寄ってくれる？」

弟は、僕の提げている袋にチラッと目をやり、顔をしかめる。

「兄ちゃん、またそんなにいっぱい惣菜買って」

「夜食と朝食だよ」

「嘘つけ。ロクに食べないくせに。相変わらずだね。どうしていつも食べきれないほどいっぱい惣菜買うの？」

「買うのが好きなんだよ。食べるものがないと不安なんだ」

「もったいないよ」

ブツブツ言う弟と二人、エレベーターに乗り込む。

四角い密室の中、所在なげに鏡に映っている二人の男。

かつての同胞には、鏡に映らない者もいたという。だから、鏡に映るふりをするのだそうな。そういうタイプの同胞に、今の東京で暮らすのは無理だ。東京はどこもかしこも鏡だらけで、行く先々どこに鏡があるか気にしているだけでノイローゼになってしまうだろう。

エレベーターを降りて、しんと静まり返った廊下の奥に進み、勝手知ったる部屋に入る。

「なんだか閉塞感あるなあ」

弟が文句を言う。

カーテンを閉め切っているせいだろう。僕は窓に近寄り、カーテンを開けた。

「ホラ、僕、日の光に当たると灰になっちゃうだろ？　だから、いつも昼間はカーテン閉めてるんだよね」

「はいはい」

長年たわごとを聞かされている弟は、全くとりあわない。

「わあ、こんなに近くに東京タワーが」

彼は窓に駆け寄り、ライトアップされた赤い塔に、子供のように歓声を上げた。

「おまえが建ててるののほうが全然高いじゃん」

「でも、やっぱり東京タワーは特別だよ」

今日の東京タワーは青色にライトアップされていた。このごろは、桃色やら緑やら、いろいろなバージョンがあって、それが何を表しているのかよく分からない。

「あれって暗号なんじゃないのかなあ」

僕がそう言うと、弟が怪訝《けげん》そうな顔をした。

「最近、いろんな色の組み合わせでライトアップされてるんだよ。もしかすると、誰かに合図を送ってるのかもしれない」

「誰に？」

「さあね。僕の仲間かも」

「仲間って？」

「ホラ、世界中にいる僕と同じ連中さ」

弟はあきれて何も言わない。僕は構わず続ける。

「でも、アリバイを証明するには役に立つかもね。日にちと時間を特定するのに、写真に写った東京タワーの色で見分けるとかさあ」

「駄目だよ、兄ちゃん。最近のデジカメは幾らでも色が補正できる」

「そうかあ。推理小説のトリックになるかと思ったのに」

「メシ食いに行こう」

弟は肩をすくめ、もう窓から離れている。

「いつもこの部屋に泊まってるの？」

出しなに、彼は何かに引き止められたかのように足を止めて部屋の中を振り返った。

「うん」

弟は、じっと部屋の中を見つめている。いや、それとも窓の向こうの東京タワーだろうか。

「この部屋が空いてない時は？」

「その時は、泊まらない。ここが空いてる時だけ泊まる」

「ふうん。なんで？　そんなにここが気に入ってるの？」

「まあね。いったんここと決めたらなかなか変えられないもんさ」

「そういうものかな」

「そういうものさ」

受け流して部屋を出たものの、ひょっとして、と思いついた。

「ひょっとして、何か感じた？」

廊下を歩きながら聞いてみる。

「何かって何？」

不思議そうな顔で聞き返す。

「いや。実はね、あの部屋、昔僕が死んだ部屋なんだ」

「はあ？」

弟は素っ頓狂な声を上げ、立ち止まってしまった。こちらのほうが驚いてしまう。

「なんだよ、でかい声出して」

「うん。聞き間違いじゃないよな？　昔僕が死んだ部屋って言った？」

「兄ちゃん、これまで慣れてるつもりだったけど、なんだよそれ。変なこと言うの、いい加減にしなよ」

弟は真面目な顔をして怒り出した。

「ごめんごめん、怒るなよ。いつも聞き流してるくせに」

「聞き流せるような話じゃないだろ」

ぷんぷんしている弟を宥《なだ》めつつ、歩き出す。

本当なんだけどな、と僕は内心呟きつつ、出てきた部屋のドアをちらりと振り返った。

最初にあの部屋に入った時は、僕も何かの気配を感じたんだけどな。

エレベーターホールで下向きの矢印のついたボタンを押す。

僕には、何世代も続いている「僕」の記憶がすべて残っている。その中には、いろいろな「僕」がいて、いろいろな最期を遂げている。犯罪がらみであったり、事故であったり、病気だったり。むろん老衰の「僕」もいた。

どうしても、僕は彼らのいた場所に引き寄せられてしまう。「僕」の名残を、「僕」のいた場所をなぞってしまう。

確かに、数十年前、僕はあの部屋にいたのだ。

あの時の僕は、ほんの小さな子供だった。

そう、あの代の僕は、生まれながらに元々身体が弱かったのだ。ここに泊まったのも、両親が僕を近くの病院に連れていくためだった――あの時、僕は母と実家に帰っていたのだが、いっこうに体調がよくなる気配はなかった。原因が不明で、日に日に衰弱していく僕を心配して、父が部屋を取ってくれ、翌朝いちばんで紹介状を持って大学病院に行くところだったのだ。

寒い夜だった――母は僕に厚着をさせ、細心の注意を払って僕をここに連れてきてくれたのに、弱っていた僕は肺炎を起こし、ひどい熱を出したのだ。

夜中に僕は咳が止まらなくなり、母は薬を飲ませようとしたが、僕はもう何も飲み込めなかった。父が僕を抱えて連れ出そうとしたけれど、心臓が弱っていた僕は、抱き上げられた時には心停止していた。

ホテルの人が駆けつけてくれ、僕はすぐに病院に運ばれたけれど、結局助からなかった。

なあ、たいへんだったよな?

僕は、つい後ろを振り返りたくなる衝動をこらえる。

だから、僕はこのホテルを選び、あの部屋を選んだのだ。かつての僕を慰めるため、かつての僕の思い出のために。

Piece 七、

尾行者

見覚えのある姿が視界の隅で目に留まったのは、神保町の古書店街を歩いていた時のことだった。

肌寒い金曜日の午後である。ようやく秋という言葉がしっくり来るようになり、服装も秋らしい色が目に馴染んできた。ルーキーの溢れる青葉の頃でも古本まつりの晩秋でもなく、こういう普通の週末の神保町が好きだ。

言わずと知れた、世界最大の古書店街である。学生時代に初めて足を踏み入れた時は有頂天になったが、ろくに利用の仕方も分からず、ただただ書店がいっぱいあるという事実に浮かれていたような気がする。

書店と映画館と図書館がものすごく沢山ある街、それが高校時代までに思い描いていた筆者にとっての東京だった。

学生時代に初めて訪れた時から二十年以上経って、なんとなく覗く店と歩くコースが定まってきた。原稿を書く時に資料を集めたこともあるし、それぞれの店の専門がようやく把握できてきたような気がする。

九段下方向から入り、短い坂と短い橋を抜けて神保町に入る。それまでは何の変哲もない街角だったのに、神保町に入ったとたん、どこか特別な雰囲気になるのが不思議だ。まずはいちばん端にある中国古書の専門店からスタートする。筆者は印譜《いんぷ》が好きなのだが、欲しいと思うものはかなりの金額になるため手が出ない。それでも、パラパラとめくって十八世紀から二十世紀の印影をじっくり眺めてから、外に出る。そして、岩波ブックセンターで人文関係の新刊を漁り、演劇関係の古書店、楽譜と音楽関係に特化した古書店、海外文学専門店、サブカル専門店、料理本専門店などを回る。必要があれば、ちょっと曲がったところにある軍事専門の書店に入ることもある。こういう書店の棚は固定しているので、久しぶりに店を訪ねても、棚を見た瞬間、そこに何があったか思い出す。

筆者には、長年探している本が何冊かあるのだけれど、ネットで検索して探そうと思ったことはない。これまでに何度か、「こういう本を探している」と言ったら知人がネット古書店でたちまち探し出してきてくれたことがあり、手元に届いた時は確かに嬉しいのだけれど、同時に淋しいという複雑な気分になった。筆者としては、いつか古書店の店頭でばったり出会うのを楽しみにしていたのだ。

実際、古本というのは不思議なもので、「なんだか今日は出会えそうだ」と思って神保町を歩いていると、捜索リストに挙げていた本が続けて見つかったりする。その時の嬉しさといったら、なかなか代わるものが思いつかない。

この日は資料で使う楽譜を数点手に入れるのがいちばんの目的だったので、早々に達成し、あとはいつものコースを回って、頭の中にある古本捜索リストと照合してみようかと思っていた。

その姿を見かけたのは、映画のパンフレットやチラシ、翻訳ミステリーやSFを専門にしている古書店の中だった。その店は通りの角にあり、店の外側にも書棚を並べている。路地に折れたところに面した壁の書棚には美術関係の本が多いので、掘り出しものがないかとゆっくり眺めることが多い。この路地に立って三、四十年前の本の背表紙を眺めていると、なぜかいつも異国にいるような気がする。それも、七〇年代の異国、遠かった頃の異国。そもそも七〇年代の日本自体、既に現代の我々にとっては異国のようだけれど。

中国磁器の研究書をパラパラめくっていると、開け放した入口から店の中が見え、そこに見知った姿が目に入った。

長身で長髪。外国人ではないかと思わせる、どことなく無国籍な風貌。

吉屋だ、と気付いた。反射的に身体を引いて隠れたのが自分でも不思議である。街中で知っている人に出くわすと、どうしてあんなに動揺してしまうのだろうか。きっと、その時までぬくぬくと浸っていた都市の匿名性が剝ぎ取られてしまうからだろう。

そっともう一度、店の中を覗き込む。

あの店以外でこの男に出くわしたのはこれが初めてだ。飲食店のカウンターというのは一種のステージで、客たちはその店での自分を演じている。馴染みのカウンターにいる馴染みの角度以外から見る素《す》の客は、舞台裏の役者を見ているような心地にさせられる。

吉屋はステップでも踏んでいるかのように、軽快に店の中を歩き回っていた。身体は大きいのに、あまり存在感がないのが奇妙だ。まるで影のようで、すぐ後ろを歩いていても気付かないのではないだろうか。店員も、彼が目の前を通っていっても「誰も通りませんでした」と証言してしまいそうだ。

吉屋は、店で見ていた時のように、半分上機嫌で半分上の空に見えた。こんなふうに属性の分からない男というのは、都会にしかいない。なんとなくデザイン関係のサラリーマンではないかと思っていたが、こんな時間にこんなところにいるからには、やはり自由業なのだろう。

手に提げている茶色いビニール袋は、神保町でも有名なカレー屋のテイクアウトの袋だった。なぜ神保町にカレー屋が多いのかは謎とされているが、本を読みながらでも片手で食べられるからとか、古本の匂いがスパイスで消されるからとか、夥《おびただ》しい諸説があって真偽のほどは定かではない。筆者は、日本最大級の学生街でもある神田神保町で、日本各地から上京してきた学生たちが、味噌やしょうゆなどのそれぞれの地方の味覚の壁を超えて食べられる、最大公約数の料理がカレーだったからではないかと考えているのだが、どうだろう。

じっと隠れて吉屋の横顔を注視しているうちに、奇妙な衝動が湧いてきた。彼がこれからどこに行くのか見届けたい、という衝動である。

なぜこの時、彼を尾《つ》けようと思ったのかは、よく分からない。都会の、しかも神保町の街角で誰かを尾行するという行為が、江戸川乱歩の小説のようで、似合いのように感じたからかもしれない。

筆者が偏愛する本格推理小説や探偵小説と言われるものは、そのまま都市小説、風俗小説として発達してきた。犯罪というのは社会の発達の過程における副産物、あるいは非嫡出子である。探偵という職業は、都市の匿名性なしには成立しない。地方の共同体では互いに誰もが素性を知っているので、探偵という商売自体成り立たない。

吉屋は、ビニールに入って棚にぎっしり並べられた大判のカルチャー雑誌の古いバックナンバーを取り出しては眺めていたが、何かを探しているというよりも、間を持たせるためになんとなく手に取って見ている、という感じだった。が、やがて興味を失ったようにスタスタと歩いて店を出ていってしまった。

筆者は慌てて表通りに出て、彼の背中を追いかけた。

行き交う通行人より頭ひとつ抜けている吉屋を追いかけるのは、離れていてもそんなに難しくない。ただ、吉屋のコンパスはこちらより長いため、決して急いでいるように見えないのに、すぐに引き離されてしまう。普段より早足にならざるを得ず、ほとんど小走りのようにしてついていく。

吉屋の動きは、よく分からなかった。目的があるのかないのか、時間潰しなのか散策なのか、楽しんでいるのか何かに気を取られているのか。すべてにおいて、彼は漠然としていた。足を止めてショーウインドーに飾られた稀覯《きこう》本を眺めていたかと思えば、車道のほうに乗り出して何かを探す素振りを見せたりする。タクシーを拾おうとしているのかと思ったが、やがてまた歩道を歩き出す。

古書店の店先に置いてある百円均一の棚を熱心に見始めたので、こちらも隣の店の同様の棚の前で本を物色しているふりをする。

なるほど、尾行というのはなかなかスリルがある。見た目はいつもと同じぶらぶら歩きなのに、そのすべてが尾行対象との駆け引きになるのだ。これも都市だからできるのかもしれない。互いに群衆の中の匿名どうしだからこそ、無数に行き交う視線のひとつに紛れてしまえる。

と、急に吉屋がパッと駆け出したので焦った。見ると、青になっていた先方の横断歩道を渡る。慌ててこちらも走ったが、彼が渡り終えた時にまだ信号の手前にも辿り着けず、もう信号は赤だった。

向こう側に渡った彼は、また足を止め、すぐそばの洋菓子店の店先を冷やかしている。この調子なら、見失うことはなさそうだった。

信号が変わった。他の歩行者と共に何食わぬ顔で横断歩道を渡ると、前方に吉屋がぶらぶらと歩いていく背中が見えた。ホッとして、またあいだを詰める。もうこの時には、尾行それ自体が目的になっていた。

前に観た映画で、尾行マニアの青年が主人公というのがあった。街で見かけた、なんとなく気になる人を尾けてゆき、家に着くのを見届ける。それでワンセットなのだが、ある日、たまたま尾けた男が犯罪絡みの運び屋で、尾行していることに気付かれ、「誰に頼まれた」と逆に激しく詰問される。尾行が趣味なのだ、と言っても相手は信じてくれず、面倒に巻き込まれる、という話だった。

吉屋はふらっと角の路面店のガラスの扉を開け、中に入っていった。

おやと思ったのは、筆者も神保町の古本屋めぐりの後によく利用する、かつては吉田健一も通っていたという老舗のLというビアレストランだったからである。

まだ日は高く、テイクアウトのカレーも持っているのに、こんな時間にレストランに入るとは。もしかして、誰かと待ち合わせしているのだろうか。これまでの時間潰しは、ここでの待ち合わせのためだったのかもしれない。

筆者は店の前に立ち、ガラス張りになった店の二階を眺めた。この店は、二階がテーブル席になっているのだ。

どうする。尾行を打ち切るか、続けて彼が誰に会うのか見届けるか。

迷ったけれど、席数も多いし昼過ぎから飲んでいる客も多い店なので、入ることにした。

ガラスの扉を押して、中の階段を上がっていく。

二階に上がると、窓際のテーブルに着いた吉屋の姿が目に飛び込んできた。彼は一人である。これから相手が来るのだろう。

店は、奥のほうの席を中心に三分の一くらいが埋まっていた。筆者はさりげなく顔を背けつつ、どの席に座るか考える。

と、吉屋がこちらを見て大きく手を振るのが見えた。ぎょっとして、思わず後ろを振り返る。誰かが来たと思ったのだ。

しかし、後ろには誰もいなかった。慌ててまた吉屋のほうを見ると、吉屋はやはりこちらに手を振っている。

ぽかんとしていると、吉屋が「Kさん、こっちこっち」と筆者の名を叫んだ。

一瞬、耳を疑ったが、彼は片手で手招きしつつ、もう片方の手で「ここ、ここ」と自分の向かい側の席を指差している。

今更逃げ隠れもできず、筆者はおっかなびっくり彼に近付いていった。

「あ、どうも」

間の抜けた挨拶をする。

「お久しぶりです。奇遇ですね」

「最近Bではお会いしませんね」

吉屋は和やかに話しかけてくる。

「ええと、どなたかと待ち合わせじゃないんですか?」

向かい側に腰を下ろし、辺りをきょろきょろと見回す。

「ええ、待ち合わせですよ」

吉屋は大きく頷いた。筆者は慌てて腰を浮かせる。

「それじゃあ、ここに座るのはマズイですね」

「いいんです、待ち合わせしてるのはKさんですから」

「え?」

吉屋の顔を見ると、奇妙な笑みを浮かべている。

「Kさん、僕のこと尾けてたでしょう。僕もそろそろ飲みたいと思ってたから、ここでお待ちすることにしたんですよ」

筆者は絶句してしまった。

「ええと、その。決して怪しいことを考えていたわけでは。もちろん、じゅうぶん怪しいでしょうけど」

へどもどする脳裏に、映画の中で尾行マニアだと告白する青年の姿が浮かんだ。

いや、私の場合は、尾行マニアでもないんです。本当にたまたま、あなたの姿を見かけて、出来心でついていってみようと思っただけで——本当に、これが初めてだったんです。あなたでなかったら、ついていこうと思ったかどうかも怪しいんですから。

「いやいや、分かってます。責めようというんじゃありません。せっかくですから一緒に一杯やろうと思っただけですよ」

吉屋は取り合わず、メニューを差し出すとボーイを呼んだ。

筆者は覚悟を決め、開き直ることにする。

「いつから気付いてたんですか」

「都会に多くて田舎に少ないものってなんだと思います？」

こっちが質問したのに、聞き返されて面喰《めんく》らう。

「え？　人、ですか」

最初に思いついた答えを言う。

「うん、それもあります」

吉屋は笑みを浮かべたまま頷いた。

「でも、僕が思うに、田舎ではあまり見ないのに、都会では圧倒的に多いもの、それは鏡ですよ」

「鏡」

意表を突かれた。

「お店とか、ビルとか、必ず鏡があるでしょう。鏡じゃなくてもガラスがあれば、みんな鏡になる。角の古本屋で、店の中の鏡に、外で本を見てるKさんが見えたんです。それで気付きました」

「そうだったんですね」

筆者は頭を掻きつつ、内心冷や汗を掻いていた。無数の視線。それは、都市を覆う無数の鏡の中に潜み、反射し、飛び交っている。吉屋を見張っているつもりが、吉屋に見張られていたのだ。

「すみません、悪気はなかったんです。珍しい人がいるなと思って、いったいどこに行くんだろうと思って」

「ふふふ、尾けられるのもなかなか楽しかったですよ。まいてみようかとか、走ったらどうするかなとか」

「じゃあ、横断歩道を渡った時は、試してたんですか」

「まあね」

「でも、よく気付きましたね。まさか気付いてるとは思いませんでした」

「僕は、鏡に敏感なんです。いつもどこに鏡があるか気にする癖がついている。吸血鬼と鏡は古くから因縁があるものでね」

吉屋はニッコリと笑い、すぐそばにある天井までの窓ガラスにそっと手を触れた。

Piece八、天狗と城跡

東京は広い。

眼下に広がる関東平野を見ながら、そんな感慨に耽《ふけ》る。

新宿から一時間足らずでこんな山の中だ。

「ていうか、日本ってやっぱり山国なんだよねー。どこにいても車で三十分も走れば山の中だもの」

隣にいるのは、最近山ガールとしても活動中のB子である。

むろん、条件反射的に煙草に火を点けている。

時折、休暇を取っては一人で山に登り、こちらは仕事が上がらず青息吐息なのに、味噌おでん食べてるとか、そば食べてるとか、紅葉綺麗とか、勝手に携帯電話の写真で実況中継をしてくる。

B子というのは面白い女で、どちらかといえばマニアックな印象を受けるのだが、きちんと大衆性を備えているというか、興味を持つものがちゃんと時代のトレンドに寄り添っているのである。気の向くままに行動しているのに、それが常に世間の最大公約数になっている。こういう人が流行や時代の空気を作っているのだな、と思う。藤子・F・不二雄の漫画に、常に日本国民の平均値、必ずマジョリティのものを選ぶ家庭というのが出てきて、その家族を大手のマーケティング会社がモニターしているという短編があった。B子がそうだというわけではないけれど、意識はしていないが必ず多数派を選択しているという家族はどこかにいそうだ。

彼女は仁王立ちになって、しきりに頷いている。

「ミシュラン三ツ星、高尾山か。悔しいけど、あいつらは快適な場所を見つけるのは得意だねえ。都心から近いのにしっかり森林浴できるし、設備も整ってる」

「タイヤも作ってるしね。天狗ドッグ食べようよ」

筆者は根っからの無精者なので、ケーブルカーで展望台まで登れば満足で、信心深い人々が権現様にお参りするのを横目に、さっさと休憩所に向かった。

「高尾山といえば天狗だよねえ」

「まあ、修験道の山だからね」

駅にも巨大な天狗の面があった。

目の前に出てきたのは、通常の倍の長さのソーセージがパンの両側からはみ出している巨大なホットドッグである。

「ずっと不思議に思ってたんだけど」

筆者は大量のカラシとケチャップを盛り付けながら呟いた。

「天狗っていうのは、いったいなんのメタファーなんだろう」

ホットドッグにかぶりつきながら、B子が答える。

「一般的には、赤ら顔で鼻が長くて大きいっていう、西洋人、つまりはオランダ人とかポルトガル人だよね、あの辺の人間のことだって言われてるよね。そうじゃないの？」

「うーん。それも一理あると思うけど、天狗の住処《すみか》は山の上だよ。しかもあの格好、山伏だよね。オランダ人と山伏が結びつく理屈が分からない。確かにオランダ人、でかいけどね。男性の平均身長が世界一高いのってオランダ人じゃなかったっけ。オランダ人が大きいのって、国土がほとんどゼロメートル地帯で、高いところがなくて背のびばっかりしてたからじゃないかって真面目に思ってるんだけど違うかな」

B子は噴き出した。

「まさか、それはないでしょ」

「いやいや、必要は発明の母」

天狗ドッグを腹に収めて、我々は下山することにした。今日の目的は高尾山ではなく、八王子なのだ。

八王子という場所には以前より興味があった。かつては、東京都の寺社のかなりの数が集中していたといわれ、交通の要衝であり聖地でもあったというのに関心をそそられたのである。

しかし、現在ほとんどの寺社仏閣は失われており、史蹟としては八王子城の城跡があるくらいだという。城を造った北条氏照《ほうじょううじてる》は城攻めを得意としていたので、守るほうにも最適の地形を求めて、急峻な山奥に城を築いたものの、豊臣方の大攻撃は凄惨を極め、城は半日で陥《お》ち、犠牲者は一千名余、女子供も皆自害し、川は三日三晩血で染まったと言われる。

平日の八王子城跡はほとんど人がいない。再現された石垣や橋は立派で、目隠しのようになった谷の地形をうまく使っていることは明らかで、日本100名城のうち、東京都では江戸城以外唯一選ばれている、というのに納得したのだった。

公園を整備中らしく、あちこちで工事が行われている。非業の死を遂げた武将が「うじてるくん」という二頭身のキャラクターになっているのには絶句する。日本人の、すべての権威を「カワイイ」の名のもとに引きずり下ろす凄まじい握力には、恐れ多いのを通り越してもはや感心してしまう。この凄まじい握力を、政治とか外交とか他のところに活かしてもらいたいのだが、なぜかその方面では全く活かされていないのが不思議である。

しかし、思いのほか高いところにあった氏照の墓は、非業の死にふさわしく、ひっそりとして、どこか異様な迫力があった。周囲にある家臣の墓も、苔《こけ》むしてもののあわれを誘う。

「膝が笑ってる」

「腿《もも》上げ百回だったね」

よろよろしながら引き揚げた時には、もう日が傾き始めていた。山の中は日没が早いのである。

それでも少し時間があったので、近くにある武蔵野陵《むさしののみささぎ》に寄ってみることにした。

昭和天皇の霊廟である。

神宮という場所にはあちこち何度も行っているが、こんなにも新しい陵を目にしたのは初めてである。新しいといっても、平成の世は四半世紀を迎えているのだ。そう考えると愕然とする。

整然とした、ゴミひとつ落ちていない参道。鬱蒼とした森の中に続く参道は幅が広く、玉砂利の両側に舗道も設けられていた。

皇宮警察の詰め所の明かりがぼんやりと灯っているところは、まるでマグリットの絵「光の帝国」を見ているような感じがする。昼間なのに、どこか闇を内包しているところ。それは、陵そのものの印象でもあって、巨大な鳥居の向こうに柵に囲まれてそびえる陵は、まさに「お隠れになる」という言葉を実感させる。妙に乾いた空気を漂わせているものの、陵の底に生々しい闇を隠し持っている気配がある。

意外だったのは、普通に参拝客がいることで、それも個人で来ている様子なのが不思議である。

来た参道を戻って、入口の広場に出、巨大な門の外に派出所の赤い照明を見た時は、筆者もB子もどこか夢心地で、狐につままれたような気分だった。

なんとなく、無言で顔を見合わせる。

「なんか、不思議だったね」

「エアポケットみたい。並行宇宙に行ってた感じ。今どき、こんな世界もあるんだなあ」

ミカドの墓のある都市、東京。

B子は外に出ると早速煙草に火を点けた。携帯電話でタクシーを呼ぶ。

「いやあ、一服して目を覚まさなきゃ」

彼女がそう言いたい気持ちは分かるような気がした。

「このあいだ、将門の首塚行ったじゃない？」

B子は器用に煙を吐き出しながら思い出したように呟いた。

「あの首塚って、皇居から見ると鬼門の方角にあるんだよね。で、最近本で読んだんだけど、皇居の中で改装工事をするたびに、住まいは少しずつ南西に移動しているんだって。将門なんて、ミカドから見たらまさに逆賊でしょ。だからかどうか、ちょっとずつ首塚から離れるように建物が動いているって」

「ふうん、面白い」

お公家さんの格好をした男女が、抜き足差し足、でソロソロと離れていくところを想像する。

「ともかく、東京のグランドデザインて、もう相当昔に出来上がってるんだね。今もそれに従って暮らしてるわけでさ」

「家康と天海僧正でね」

「東京は無計画のつぎはぎだって言われるけど、最初はやっぱり呪術的にもデザイン考えたと思うよ。古代日本があれだけ何度も遷都を繰り返したのだってそうでしょ」

「首都ワシントンも霊的に設計されたって小説があったっけ」

「占星術に沿ってデザインされているってやつね」

タクシーに乗った我々は、八王子の中心街に向かった。そこに、本日のコースの最後の目的地があるのだ。

八王子は大都会だった。地方の県庁所在地のような印象を受ける。つまり、歴史が古く、その街だけで機能が完結しているということだ。

交通の要衝だっただけあって、街道の名前が皆古く渋い。野猿《やえん》街道、というのには驚いた。どれだけ山奥だったんだ、というネーミングである。

筆者がもうひとつ見たかったのは、八幡八雲《はちまんやくも》神社である。二つの神社が合祀されているので、道具がすべて二つずつあるという神社なのだ。

繁華街を抜けた外れに、その神社はあった。開運の神社らしく、いろいろご利益を宣伝している。

中に入ろうとして、建物を一瞥してあっけに取られた。

B子を見ると、彼女も同じ感想を抱いたようである。

「これって」

「ニャロメそっくり」

正面から見た印象が、文字通り、赤塚不二夫の漫画に出てくる猫、ニャロメの顔そっくりなのだ。目の部分にあたるところに破風《はふ》があり、左右の屋根の反った部分がほっぺたに当たる。破風板や垂木《たるき》が赤く塗られているので、それもニャロメを連想させる。

そして、まっすぐ進むと、中が見えた。

見事に左右対称。鏡や榊《さかき》も二つずつ並べてある。

大陸や朝鮮半島では、建造物は完璧なシンメトリーで造られる。そのいっぽう、日本の神社は建造物自体がたいていアシンメトリーだ。こんなふうにシンメトリーの神社は意外に珍しい。

はちまんさま、というのは全国津々浦々にあるわりに謎の多い神様で、筆者も興味を持っている。製鉄の技術の伝播と深い関係があることは明らかで、神仏習合のきっかけになったのもこの神様を勧請《かんじょう》しようと各地の寺社が動いたからだ。

明治期に「鉄は国家なり」の象徴が八幡製鉄所だったのも興味深い。鉄、国家、戦争、の結びつきが過去に何度も繰り返されているのだ。

手を叩いて祈る。

最近、どこに行っても『エピタフ東京』を完成させられますように、と祈ってしまう。

すっかり日は暮れて、徐々に飲食店の夜の明かりが勢いを増していく。

「いやはや、盛り沢山だったねえ」

「神様がいっぱい。やっぱり、日本の聖なる数字は八なんだね」

「天狗の正体は分からなかったけど」

「帰りはあずさに乗って帰ろう」

特急あずさの時間は調べてあった。

繁華街の、見事なまでに完璧な英国調のパブに入る。高尾山、八王子城、武蔵野陵、八幡八雲神社というコースの仕上げにブリティッシュパブというのが似合うような、似合わないような。

ふと、思いつく。

「ハッピーアワーっていうのは、日本でいう逢魔《おうま》が時《とき》だよね」

B子が意表を突かれたような顔になった。

その顔が、壁のアンティークな鏡に映っている。違う角度から見るB子は、なんだか別人のように見えた。

「そうかもしれない。だから、魔物に逢わないように酒で祓《はら》うわけだ。お祓いしよう、しよう」

筆者は、なぜかその鏡から目を離せなかった。

鏡の中のB子が、酒を注文している。

陵を見た時に、マグリットの絵を想像したことを思い出す。

闇を内包する。それは、この街に限らず、この巨大な都市すべての場所に通底する事実かもしれなかった。

Piece九、

東京土産

ずらりと並んだプラモデルのような白い車両。

湾岸道路沿いの広い車両基地にはおもちゃのような沢山の新幹線の車体が並び、どこまでも途切れることがない。

鉄ちゃんでなくとも新幹線の車体というのは見ていて楽しいもので、タクシーの窓に張り付くようにしてずらりと並んだ「のぞみ」や「ひかり」につい見入ってしまう。

暮れも押し詰まり、師走の慌しい東京を走りぬけ、新幹線車両基地を横目に筆者が向かっているのは羽田空港だった。

だんだん空が広くなってくる。

雲ひとつない、典型的な西高東低の、東京の冬空だ。空気は乾燥していて、静電気が気になる季節である。

巨大な倉庫街を抜けていくと、海が近づいてくる。大きくカーブした道路の先は、もう羽田空港だ。

「ＪＡＬですか、ＡＮＡですか？　どっちのターミナルに着けます？」

そう尋ねる運転手に、筆者は首を振った。

「いえ、Ｔホテルに行きたいんです」

飛行機に乗るのではない。空港に隣接したホテルで人に会う約束があったのだ。

子供の頃に住んでいた北陸の地方新聞から、新年の紙面に載せる鼎談《ていだん》の依頼があった。筆者以外の二人もその新聞の地元出身だったが、一人は首都圏に住んでいたのと、筆者の原稿の〆切が複数切迫していたので、急遽《きゅうきょ》羽田で行うことになったのである。

筆者は飛行機に乗るのは大の苦手であるが、空港という場所は嫌いではない。あの開かれた感じ——まさに空の玄関口、という世界に繋がっている感じは旅情を誘う。

折しも、羽田空港は国際線ターミナルが新設（いや、大復活というべきか）され、飲食店街や土産物屋が気合を入れて揃えられている。

新しくなってから一度行ったことがあるが、ぴっかぴかの巨大なショッピングモールみたいで、以前のちんまりしたターミナルとは隔世の感があり（そもそも、数年前はローカル線の駅みたいな白い箱にINTERNATIONAL AIRPORTという看板があって、冗談だろうと思ったものだ）、ＪＲ東日本が、当時は商業施設として課税されなかった駅構内での商店街を、いわゆるエキナカビジネスとしてガンガン整備し始めた時の本気度と同じものを感じた。つまり、客をここから外に出さんぞ、絶対ここでカネを落とさせるぞ、という気迫である。

羽田沖に飛び立った機体が、これまたおもちゃのように次々と斜めに上昇していく。

恐ろしい話を聞いたことがある。

実は、未だにどうして飛行機が飛ぶのか誰にも分かっていないというのである。一応、浮力や揚力といった理論で説明されてはいるが、専門家に言わせると、それでも本当のところ、それだけでは説明できない何かで飛行機は飛んでいるらしい。

そんな馬鹿な。それでいいのか。

整然と間隔を置いて飛んでいく飛行機を、信じがたい思いで見上げる。

かねてより、飛行機を見るたびに感じていたモヤモヤした不条理なものは、そこに起因していたのだと確信する。

そもそも、人間だって、どんな動力で、どんな仕組みで活動しているのか誰にも分からないのだから、同じようなもんだろう、と言われたことがあるが、それとこれとは話が違うと思う。

この話を聞いてから、飛行機を見るとメリナ・メルクーリ演じる『日曜はダメよ』のヒロインの台詞を反射的に思い浮かべるようになってしまった。

「鳥をご覧なさい。鳥は楽譜なんか読めないけど、決して歌うのをやめないわ」

平べったい、細長いターミナルが見えてきた。

ホテルのロゴが目に入る。ターミナルに隣接するというよりは、ほとんどターミナルの一部になっている。

空港という場所は、近付くにつれて心拍数が上がるのが分かる。大部分は飛行機恐怖症のせいだが、ほんの少しだけ「ここではないどこか」に行ける場所というワクワク感も混じっているような気がする。

代金を数えながら、隣に置いてある菓子折の入った大きな紙袋を引き寄せる。

ただでさえ忙しい企業の経営者二人と地方紙の記者たちに、師走の営業日の残り少ないこの時季にわざわざ羽田まで来てとんぼ返りしていただくのだから、何か東京土産をと考えた。

しかし、こんにち、東京土産と一口に言っても、いったい何を選べばよいのか、何が東京土産なのか。非常に悩ましいのである。

今や流通網は津々浦々まで張りめぐらされ、通販やお取り寄せという形で、国内ならばほぼ一日で商品が自宅まで届く。その土地に行かなければ手に入らないものというのが少なくなっているのだ。

相手にもよる。

年齢はいくつか、酒を飲むか、出身地はどこか、仕事の内容は、子供はいるか、生活スタイルは、云々。

社会的にある程度地位のある男性に対しては、本人よりもその妻が喜ぶことを想定した土産を選ぶ。本人はえてして接待や商談などでおいしいものを食べ慣れているし、なおかつそういう人物はほとんどが妻の内助の功に支えられているからだ。

女性の場合は総じて食べ物に詳しく、特に働いている人は流行にも敏感なので、センスのいいものをと迷う。年配の女性の場合は、あまりとんがったお洒落すぎるものより食べ易くホッとできる味のもののほうがいい。

会社に勤めていた頃に顧客にお中元やお歳暮を贈っている時には気付かなかったが、個人で贈るようになって気付いたのは、モノを贈るのはむろん相手の喜びそうなものを贈るのだけれど、心理的には相手のためというよりはむしろ、自分の気が済むからという部分が大きいことである。

受け取る相手によっては「気を遣わないで」という人もいるのだが、こちらの気が済むので助けると思って受け取ってください、と頼むこともあるくらいだ。

日本人の贈答論については、過去にいろいろなところで論じられたり書かれたりしているけれど、とどのつまりはモノを贈ることによって自分の気が楽になるからだ、という気がする。休暇明けに職場に持っていく土産などは、その最たるものであろう。かつては、なぜハワイの土産が口紅や香水なのかさっぱり分からなかった。免税店というシステムが理解できなかったのだ。

筆者は甘党ではないのだが、お菓子を買ってお土産に持っていくのが好きである。お菓子を買うのは楽しい。お菓子そのものが目にも美しいし、パッケージのデザインも近年ますます洗練されていて、美術工芸品を持ち歩いているような心地になる（だから、いただいた時も、箱や缶が捨てられない）。お菓子を買うと、確実に脳内に快楽物質が出る。

デパートの地下の菓子売り場に足を踏み入れると、あまりにも沢山のお菓子があって眩暈がするほどだ。ゆっくり見て回っていると、だんだん選べなくなってきて、本当に頭がクラクラしてくる。悩んでいるのは私だけではないらしく、ご進物に悩むビジネスマンが同様にうろうろしているのを見かける。

会社員時代、お客さんのところを訪ねる時、しばしばポケットマネーでお菓子を買っていった。実際に事務仕事をしてくれ、セールスマンの留守を守ってくれるのはどんな会社も女性である。彼女たちが喜んでくれるのは、簡単に配れて、フォークだの皿だのの心配をしなくていいもので、なおかつ話題性のあるものである。

不思議なもので、東京の菓子店には、ご進物のみで買われているものが幾つかある。

誰もが必ず食べたことがあるけれど、いただきものとしてしか見たことのない菓子。逆に、買って持っていったことはあるが、普段自宅用には買わない菓子。どちらにせよ、「土産」という記号に特化した菓子だ。

この手の菓子には二種類ある。

あげて嬉しい、貰って嬉しい、まさに土産の王道かつ定番のもの。ご進物として求める時に、一緒に小さいサイズを自宅用に買ったりする。

もうひとつは、あまりに記号化していて、「贈った」という証拠としてしか成り立たないものである。こちらはまず自分には買わない。職場にあればつまんでもいいけれど、わざわざ食べるために買いには行かない、というものである。

当然のことながら、後者は貰ったほうの評判が悪く、筆者が勤めていた時には、密かに後者のリストが出来上がっていて、「このリストにある菓子を贈ってきた取引先はセンスがないとみなし、それ以降微妙に待遇を悪くする」という不文律が女性事務職内に存在していた。いやはや、せっかく土産を持っていっても逆効果になるのだから、ビジネスマン諸氏はくれぐれも留意されたい。

今回はどうしようかと悩んだ。

あまりかさばらないもの。ある程度日持ちのするもの。そして東京っぽいもの。考えた挙句、江戸な感じのものと、輸入洋菓子という組み合わせに決めた。

更に考えた結果、煎餅とチョコレート、というセットが導き出される。煎餅→新年も近いので、なんとなくおめでたい雰囲気で江戸っぽい、歌舞伎座にも入っている銀座の老舗のもの。チョコレート→ベルギーのチョコレート。近年、多くのメーカーが日本に入ってきているが、北陸にはまだ支店がないもの。

そう当たりをつけて、インターネットで両方いっぺんに買えるところを探す。あまりにも自宅でしなければならない仕事が多いので、他の所用もまとめて済ませなければならない。毎年十二月になると、よくぞ師走と名づけたものだと実感するが、暮れというのは、どうしてこんなにしなければならないことが多いのだろう。

結果、銀座のデパートと東京駅を回ればその両方と暮れの所用を一度で済ませられることが判明した。

師走に入ってから、平日はずっと家にこもって仕事をしていたので、週末の東京駅がどうなっているのか、深く考えずに向かった筆者が愚かであった。

普段、なるべく人混みには近寄らないようにしているのだが、そこには首都圏人口三千七百万人の存在を証明するかのような、この瞬間、東京駅構内にはいったい何人いるのだろうと思うくらいの人混みだったのである。

しばらく来ないうちに、八重洲から駅構内に至る商店街は果てしなく巨大化しており、目指す店がまずどのフロアのどの位置にあるのか分からない。

インフォメーションセンターのお姉さんに聞くと、まさに目的の場所は「エキナカ」にあり、入場券を買わなければならないことが判明した。入場券を買って商店街に行くというのも奇妙な心地がするが、足を踏み入れた瞬間、あまりにも沢山の店があり、あまりにも沢山の人がいるのに圧倒されてしまった。

そこここでお菓子を買うための行列があるのだが、いったい何に並んでいるのか、さっぱり分からない。列の先頭では大きな白い箱が積み上げられており、皆が順番に受け取っていくのだが、箱の中身が分からない上に、看板が出ている店の名前も聞いたことがない。

それでなくとも、筆者は流行には疎《うと》いので、ことお菓子やお土産となるとまるでついていけず、見たこともないメーカーの見えない菓子に並んでいる人たちが異星人のように見えるのである。呆然と迷路のような構内をさまよっているうちに、偶然目指す店に辿り着いた。

ここでもまた、どれがどの列か分からない行列が通路にうねうねと続いており、電車利用の乗降客もせわしなく同じフロアを行き交っていて、こちらは凄まじいスピード感についていけない。

既に暮れの民族大移動が始まっているのだ。日本人の土産購買欲に圧倒されつつ、なんとか隙間を縫って目的の菓子を購入した時には、疲労困憊《こんぱい》しきっていた。

ホテルで記者たちと合流すると、開口一番、「ほんとに太平洋側はカラカラなんですねー、僕たちが出てきた時は雪降ってましたよ」と話し始めた。子供の頃に過ごした北陸の重い雪と、太陽の陽射しのない日々を思い出す。

鼎談は至極和やかに進み、予定通りの時間で無事終了した。筆者の東京土産と、北陸土産とが厳《おごそ》かに交換される。いただいた北陸土産は、名産のますの寿司と和菓子という、やはり甘辛の組み合わせであった。

冬至も近く、空港を出た時にはもう暗くなりかかっていた。

都心に向かう車窓を眺めていると、いつも二十代半ばの、学生時代の友人たちと過ごしたある晩のことを思い出す。

東京ディズニーランドができて数年。友人の車に乗ってみんなで出かけてゆき、一日遊んで夜に戻ってきた。

首都高から見える、東京の夜景。当時はバブルの時代でもあり、限りない発展と上昇のみが目の前にあった。東京の夜景はそれを象徴するかのごとく、きらびやかな宝石箱のようだった。

みんなで歓声を上げてそれに見入っているうちに、誰かが言ったのだ。

これこそが東京ディズニーランドだ、本物の東京ディズニーランドは、さっき遊んできたあの場所ではなく、目の前に広がるこの景色のほうなのだ、と。

『エピタフ東京』第一幕第一場より

舞台の上は暗く、横からかすかな光が当たり、人がいるのが分かる程度。人は動かずじっとしている。

ジョン・コルトレーンの「マイ・フェイバリット・シングス」が流れる。イントロから一分十九秒演奏したところで突然切れ、インターホンの呼び鈴が鳴り、パッと舞台が明るくなる。

そこはどこかの家のキッチンである。中央に大きなテーブル。後ろの壁に、印象的な柄の大きなタペストリーが掛かっている。

テーブルを囲み、四人の女A、B、C、D（四十代〜六十代前半）が立ったまま幾つかの大きなボウルの中の惣菜を、それぞれ小分けにしてタッパーに詰めている。窓際に車椅子があり、そこに老女Eがうつらうつらしている。その脇に若い女Fが寄り添い、何か話しかけている。

A　開いてるよー。（叫ぶ）

B　（インターホンにいちばん近いところにいたB、インターホンに近寄り）開いてますよ。

ドアが開き、女Gが入ってくる。ショルダーバッグを肩に掛け、手には白いビニール袋とケーキの箱。ケーキの箱はテーブルの端に置き、ビニール袋を差し出す。

G　はい、お土産。

B　ありがとう。何かしら。（袋を覗き込む）あら、ざくろ。懐かしい。

G　でしょ？　角のスーパーにいっぱい積んであったから、なんとなく買いたくなって。

B　いいわね。今日のデザートに詰めてみる？　きっとお客さんも喜ぶんじゃないかしら。

C　でも、どうやって詰めるの？　結構大きいし。一個ずつ？

A　そんな、一個ずつなんて、うちのお客には食べきれないし、皮剝くのたいへんだよ。入れるんなら、バラしてからでなきゃ。

B　ざくろってどうやって剝くんだっけ？　あまりにも久しぶりで忘れちゃった。

F　水の中で剝くといいですよ。

みんながFを見る。

A　あんた、若いのによくそんなこと知ってるわね。

F　こないだ、ちょうどざくろ貰ったんで、剝き方調べてみたんです。そしたら、ユーチューブに出てて。

B　水の中でどうすればいいの？

F　まずいちばん太いところに、ぐるっと切れ目を入れるんです。で、水を張ったボウルの中でぱかっと割ると、上下に分かれる。それから中身を取り出す。

B　とりあえず、流しで一個やってみようか。

C　うん。

A、B、C、客席に背を向け、テーブルの向こうにある流しで並んで作業。

B　なるほど、綺麗に外れるわね。

C　そうだった、こんなんだったわ。

A　うひゃー、結構、果汁が飛ぶわね。
B　ほんとだ。血しぶきみたい。
A　なんだか死体を解体しているみたいね。
C　あ、おいしい。身がしまってて。
B　うん。でも、ざくろってこんなに種大きかったんだ。食べるところ、あんまりないのね。ざくろジュース高いなって思ったけど、納得しちゃった。一個搾ってもそんなに取れない。
C　バラバラ死体って、なんで見つかるのかなあ。
A　なんでって？
C　だってさ、せっかくバラバラにしたんだから、別々に包んで生ゴミに出したら、絶対バレないと思うけど。すごく寒い日の、ゴミ回収の直前に殺してバラせば、そんなに臭《にお》わないし、最近の焼却炉って高温で焼くから、何も痕跡が残らないと思うなあ。
A　ひと一人解体するのって、どれくらい時間掛かるかな。
C　そういう小説あったよね。お弁当工場に勤めてる女の人たちが、中の一人が殺しちゃった夫をみんなで解体するっていうの。
A　脂がすごいっていうよね。何かで読んだよ。時代劇で何十人も人を斬る場面が出てくるけど、あれは嘘だって。二、三人も斬れば刃こぼれするし、脂だらけになって、刀が使い物にならなくなるはずだって。

B 昔の人は脂肪少なかったんじゃないの。食べ物も違うし。

A 体脂肪率七パーセントとかね。アスリート並み。

B あたし、こないだの夏、スイカ腐らせちゃってさ。

C スイカ？　丸のまま？

B そうなの。二つ貰って、段ボールに入ってて、ひとつはすぐに食べたんだけど、どういうわけかもうひとつあったの忘れてたんだわ。もう全部食べたと思ってたの。

C もったいない。

B もったいなかったわよー。で、気が付いて慌てて切ってみたら、もうダメで。意外だったのは、腐るというよりも、水分がなくなってスカスカになっちゃうのね、スイカって。

C へえー。

B で、どうしようもないから捨てることにしたんだけど、これがね、嫌なのよ。

C 何が。

B 重さといい、大きさといい、ちょうど人の頭ぐらいなんだよね。

A うひゃー、バラバラ死体だ。

B　そうなの、バラバラ死体捨てる気分ってこんなかしらって思ったわ。つい、おどおどしちゃって。いったん捨てようとしたんだけど、やめて、結局細かく切り分けて捨てたの。

A　マンションの同じ階に住んでる女の子を殺して、バラバラにしてトイレに流しちゃった男がいたよねえ。

C　トイレに流せるサイズにするなんて、いったいどれだけ細かくしたんだろ。

A　捜査員、大変だったろうね。下水の、排水口からかけらを探したんでしょ。

C　うー、やだやだ、そんなの探すなんて。

B　それより、解体してるところを想像すると——（みんなで悲鳴）

G　はい、その辺りで、ちょっと中断。お仕事ですよ、皆さん。

みんながGを見る。G、いつのまにか扉の近くに置いてあった椅子に座り、腕組みをしてみんなを見ている。

A　（溜息をつき）そうか。そうですね。はい、お仕事です、皆さん。

EとG以外の五人がぞろぞろとテーブルの端のケーキの箱のところに来て、蓋を開ける。

F　あ、おいしそう。

B　今日はチョコレートケーキか。

みんなでじゃんけんをして、勝った者からケーキを取り出してゆく。そして、みんな立ったまま、ケーキを食べ始める。

F　じゃんけんって、どうなんでしょう。

G　どうなんでしょうっていうのは？

F　じゃんけんって、公平なんですかね。

G　公平じゃないと思うの？

F　さあ。でも、じゃんけんの強い人って確かにいますよね。

G　でも、結局どれに入ってるか分からないんだから、同じことなんじゃないのかしら。

F　そうかもしれません。

G　なんだったら、くじ引きにしてもいいわよ。一番から五番まで数字をつけて。

F　いいです、今のままで。

G　不満があるなら言ってちょうだい。
F　いえ、ありません。
B　あんたの言いたいことも分かるわ。あたしも前はそう思ったもの。でも、結局今のやり方に落ち着いたのよ。だって、こんな回りくどいことしないで、直に受注したっていいわけでしょ？
A　そうね。単なる気休めよね。ケーキを選ぶ順番を偶然に頼るのも、誰が当たるのか分からなくしておくのも。
F　いえ、あたしが言いたいのは、方法についてじゃないんです。
A　じゃあ何？

F、答えずに黙々とケーキを食べる。皆もケーキを食べる。やがて、一人、二人と食べ終える。皆、ケーキの載っていた包み紙を見る。

B　はずれ。
C　あたしも。
A　残念、というべきかしら。
F　（無言で何も書かれていない紙を見せる）

D　当たりだわ。

　　D、掌の中の紙を見て呟く。皆、Dに注目。

A　あら、あんた二回連続ね。
C　ラッキーだ。
B　ほんと、こないだもそうだったものね。こないだのはギャラがよかったし。
F　本当にラッキーなんでしょうか。

　　みんながFを見る。

G　（立ち上がる）何が言いたいの。
F　（Dに手を差し出す）見せてください。
D　どうして？
F　本当に、当たりの印があるか、見せてください。
G　何を今更。
F　あたし、気付いたんです。みんなが「外れた」と言えば、最後の一人が「当たり」

のはずだとみんなが思うってこと。逆に言えば、五つのケーキにひとつも当たりの印がなかったとしても、最後の一人が「当たった」と言えば、当たりになるんだってこと。

G　どういうこと？

F　あなたが、特定の人に仕事を回しているんじゃないかと言っているんです。

G　あたしが？

F　はい。あなたが、その人と事前に打ち合わせをしていれば、その人に仕事を回すことが可能だと気付いたんです。偶然を装って、あたしたちの誰かに仕事が当たると見せかけておきながら、特定の人に仕事を回せるって。

G　なんであたしがそんなことをしなきゃならないの。

F　それは分かりません。偶然に彼女が仕事を請け負ったんだと思わせたいのかもしれないし、彼女に頼まれたのかもしれない。

G　あのね、あなた、あたしがそんなことをしたら、仕事そのものがなくなっちゃうわ。あたしたちがここにいる理由が根底から崩れちゃうのよ。

F　（きっぱりと頷き、更に手を差し出す）その通りです。だから、見せてください。でないと、あたし、誰も信じられない。

D、無言でGと顔を見合わせる。G、頷く。
D、みんなに紙を広げてみせる。
真ん中に、赤いペンで書かれた星印。

D　どう、これで信用してもらえるかしら?

Piece 十、

パンクチュアル

ピアノ三重奏の演奏が終わり、観客が盛大な拍手をしている。

チャイコフスキーのピアノ三重奏曲。フルコースが終わってからも、えんえんチーズが出続けるような、こってりした長い曲だ。この難しい曲を、トリオは鬼気迫る迫力で見事に弾きこなし、観客を熱狂させた。

が、アンコールの拍手をしつつも、帰りの電車を気にする観客が少しずつ腰を上げ、足早に出口に向かうのが、二階席から見て取れる。ゆっくり拍手をしたいしアンコール曲も聴きたいのだけれど、もうそろそろ出ないと電車に間に合わない。でも、舞台の上には素晴らしい演奏をした演奏者がまだ立っていて、彼らを置いて出ていくのは忍びない。そんな逡巡すら見て取れるが、やはり帰路のほうが大事だと、身体をかがめて目立たないように通路に出て、櫛《くし》の歯が欠けるようにぱらぱらと席が空いていく。

東京のコンサートはだいたい夜の七時に始まり、九時頃に終わる。残業や雑事の多い日本のビジネスマンが駆けつけられるぎりぎりの時刻であり、遠隔地から聴きに来た観客が帰って翌日に備えるのにもぎりぎりの時刻である。筆者はコンサートでアンコールの拍手をしている時に、いつも日本の鉄道について考えてしまう。

日本の鉄道が時刻表通り正確に運転されていることは世界的にもよく知られており、逆に言うと世界的には鉄道の運行は予定通りではないのが当たり前である、というのも日本によく知られるようになった。なんでも、こうも鉄道の時間が正確になったのは天皇陛下の全国行幸がきっかけだと言われているが、戦後の復興と高度成長の時期、大量に増えた労働者を会社まで運んで定時から働かせるためには、鉄道のほうもパンクチュアルでないと産業が成り立たない、という事情のほうが強かったような気がする。なにしろ、東京では職住近接は少数派で、かなり遠くから労働者を運ばなければならない。一斉に朝九時に始業するにはすべての鉄道が正確に運行されなければならないのである。朝の通勤時間にほんの一本遅れるだけで、駅には人が溢れ大混乱に陥る。毎朝奇跡のような綱渡りで日本経済が支えられているのだ。

コンサートや芝居が、都内に存在する無数のホールでほぼ七時に揃って開演できるのも、パンクチュアルな交通機関に支えられているからと言っていいだろう。

満足げに感想を語り合う観客の雑踏に紛れて、ホールから出ると空気の冷たい早春の夜である。

永田町にほど近い、日本を代表する鉄鋼メーカーの所有するホール。政治の町の夜は暗い。ひっそりと灯る料亭の明かり。コンビニで弁当を買い、職場に戻っていく疲れた顔の若いビジネスマン。

ふと、神保町で下手くそな尾行がバレて、吉屋とビールを飲んだ時の会話を思い出した。

あの時の吉屋は、やはりBでの吉屋と同じく、とりとめなくいろいろな話をしていた。

筆者が相手でなくとも、同じ話をしていたのではないか。

都会に多くて田舎に少ないものってなんだと思います？

吉屋のとぼけた声が聞こえてくる。

彼の答えは「鏡」だった。

今、筆者は、鏡と同じくらい都会に多いものとして時計を挙げたい。

東京は、文字通り分刻みの都市だ。無数の人々が待ち合わせ、移動し、時間に追われる。コンビニのレジの上の壁に、ビルのネオンに、タクシーのナビの液晶の中に、刻々と移り変わる時刻がどこにいても飛び込んでくる。携帯電話にセットしたアラームが鳴り、どこかから流れてくるラジオの中で時報が注意を促す。

時間に追われる商売なのは筆者も同じで、「〆切」が英語でデッドラインというのを知った時は、あまりにぴったりで苦笑したのを覚えている。

なにしろ、実は今もこの近くのビジネスホテルで、いわゆる「カンヅメ」に入っている状態なのだ。「カンヅメ」に入らなければならないほどの切迫した状況になっているのだが、近くのホールで聴きたい演奏会があったので、息抜きを兼ねて出てきたのだった。

仕事に戻りたくないので、無意識のうちに足取りは重くなっている。

こんな時、煙草が吸えたらいいのに、としばしば思う。

B子のようなヘビースモーカーにはなりたくないが、ほんのひとときリラックスするために、一服できたらいいのになと思う。煙草を吸う時、人は時間の縛りから解放されているように見えるからだ。

一人、暗がりの坂を上りながら、ビルの谷間にひっそり置かれている自動販売機に気付く。

都会に多くて、田舎に少ないものをもうひとつ見つけた。自動販売機だ。

もちろん、田舎にも多いし、田舎にこそ必要なものであるが、それにも増して都会にもそここに自動販売機がある。お金が入った箱が街角に置かれているのだから、治安のいい日本ならではのもので、それこそ東京の自動販売機設置数は世界一だろう。

以前、TVのドキュメンタリーで、ある飲料品メーカーの自動販売機の営業をしている男性に密着した番組を見たことがある。

当然、自動販売機にもよく稼ぐ奴とあまり稼がない奴がいて、それが立地に影響していることはいうまでもない。

新宿のどこかで、オフィス街の一角に九台くらいの自動販売機が並んでいるところがあり、そこが都内有数の売り上げを誇る激戦地で、それぞれ違う飲料品メーカーの自動販売機が並んでいるのだが、一定期間の売り上げ数が一番少ないものは撤去されてしまう。サッカー一部リーグの最下位が二部リーグトップと入れ替えになるようなものである。そこに自社の自動販売機を入れてもらい、売り上げをアップさせるために、自販機のレイアウトや自販機に貼る広告まで、実に涙ぐましいあの手この手のアイデアを投入しているのに驚かされたのだった。

筆者は、街角にある自動販売機を、時々不気味に感じることがある。

最近の自動販売機は、電子機器化が著しい。電子マネーに対応し、さまざまなデータを蓄積し、ネットワーク化して情報を送っている。

ふと、自動販売機で飲み物を買っている人を見るたび、考えてしまうのだ。

この自動販売機に、監視カメラと監視機能を埋め込んだらどうなるだろう、と。

やはりこのところ急速に増えているものに監視カメラがある。商店街や町内会が治安のために導入するだけでなく、監視カメラの運営には規制がないので、目的がはっきりしないものも多いという。

だが、筆者が何かの目的を持ってある不特定多数の人を監視するとしたら、自動販売機を利用しない手はないな、と思ってしまうのだ。

自販機の商品の後ろにマジックミラーのような形でカメラを仕込む。商品を選び、購入する時に必ずそこを見るから、個人認証ソフトのようなものを入れておけば、特定の人に反応するようにもできる。

あるいは、電子マネーを使えば履歴が残るから、誰が使ったか追跡することもできるだろう。そうすれば、特定の個人、あるいは不特定の個人の行動記録を蓄積・保存し、分析できるのだ。自動販売機どうしがネットワークで連絡を取り合えば、購入した商品の内容から分析し、次にどこに行くか、何をするかを予想することもできるかもしれない。

街角だけでなく、住宅地にも自動販売機は入り込んでいる。自動販売機の目を逃れて暮らすことは難しい。

最近、世界最大の検索サービス会社の内幕を書いた本が話題になった。

我々は、ネットで何かを検索するたびに、何かを与えている、というのである。たとえ、データの収集が最初は別の目的に附随する二義的なものであったとしても、続けるうちに収集それ自体が目的になっていくものだ。

四十年以上前に書かれた星新一の小説『声の網』は、この「個人情報を収集すること自体がコンピューターの目的になっていく」という現在の情報化世界を予言する作品で、今読むとSF作家の先見性に唸《うな》らされる。

更に、筆者は妄想してしまうのだ。

空から見た夜の東京を写した写真集がある。それを見ると、まさに東京の道路が毛細血管のごとく、津々浦々まで張りめぐらされ、二十四時間、休むことなく血流のごとく物資や人が運ばれているのがよく分かる。

それと同じくらい、無数に都内の隅々まで設置された自動販売機が、まるで脳のシナプスのように思えてくるのだ。

それらがネットワーク化され、繋がった時に何が起きるのだろう。

荒唐無稽な話だと笑うなかれ。やがてそれらは脳の機能のように、高次の意思を持ち、「考え」始めるのではないか。人間の脳がある種の電気活動による働きで、思考能力を獲得したのであれば、べらぼうな数のシナプスとして自動販売機が連動するようになったら、彼らもなんらかの知能を獲得する可能性があるのではないか。

そんなことを、日々散歩しながら自動販売機を目にするたびに考えるのである。

どうしよう、実は奴らはもう「考え」始めていて、そんな疑惑を抱いている筆者はもう監視されているのかもしれない。

筆者が通り過ぎるたび、缶コーヒーやお茶のペットボトルの向こうで、ジリジリとカメラが動いている。


今、通ッタゾ。

コッチヲ見テタ。

イツモノヨウニ、ウサンクサイ目ツキダッタ。

ソッチニ行ッタゾ。様子ハドウダ？

今日ハ、れんたるびでお屋ニハ行カナイヨウダ。信号ヲ渡ッタトコロダ。

キット、向コウノ並ビノぱん屋ニ行クンダ。

ドウダロウ、アイツハ危険ダロウカ？

スグニドウコウトイウ話デハナイダロウ。ダガ、用心スルニコシタコトハナイ。

我々ニ反感ヲ抱ク者、ナニガシカノ疑惑ヲ抱ク者ハ常ニ把握シテオカネバ。

アイツニ電子まねーヲ使ワセル方法ハナイダロウカ。

ソウダナ、電子まねーヲ使エバモットアイツノ思想ヲ理解デキルシ、モットアイツニツイテノでーたヲ獲得デキル。

現金ヲ入レルトコロヲ塞イデシマオウ。アイツガ来タ時ダケ使エナイヨウニシテシマエバイインダ。

アイツガイツモカウノハオ前ノトコロノこーひーダナ？

ソウダ。今度、アイツガ買イニ来タラ、現金ヲ使エナイヨウニシテヤロウ。

頼ムゾ。


そんな会話が、無線ＬＡＮや何かを通じて、密かに交わされているかもしれないのだ。

やがて、知能を持った自動販売機は、同じく電子機器化した家電や、街中に持ち出されている個人のパソコンやスマートフォンにも触手を伸ばし始める。無数の電子機器を組織化して、じわじわと人間たちを、東京の中枢を、支配しようとしていくのだ——


筆者は、暗い夜の坂をのろのろと上り続け、ある自動販売機の前で足を止めた。

好きなメーカーの、お気に入りの飲み物があるのは、この辺りではここだけなのである。

暗がりで、静かにお客を待つ自動販売機。かすかな明かりも、なんとなく、そこに人間が立っているような奇妙に擬人化された雰囲気を感じてしまう。

電子マネーの使用を促す明かりが、かすかに内側から光っている。

冗談じゃない、こっちのデータを蓄積されてたまるもんか。

筆者は小銭を取り出し、投入口に入れた。チャリン、と音がして、ちゃんと小銭を使えたのでなんとなくホッとする。

点灯したボタンを乱暴に押すと、ごとんと飲み物が落ちてきた。

ごそごそとペットボトルを取り出し、踵を返して、今夜もじりじりと朝まで時間と闘う仕事に戻ることにする。

drawing

僕はいつも隠されたものを探している。

街を歩き、きょろきょろと周囲を見回し、人々のエナジーを吸い込みながら、あてどなく探し続けている。

いったい誰が、何を隠しているのかって？

それはちょっとばかり説明するのが難しい。たとえて言えば、世界の各地に残っている古代遺跡みたいなものだ。かつてはなんのために存在しているのかみんなが知っていたのに、長い歳月が経つにつれ知っていた人たちがいなくなってしまい、結果として謎になってしまったもの。意味がそこに剝き出しになっているのに、誰も気付かないもの。そんな感じのものを、僕は「隠されたもの」と呼んでいるのだ。

だから、僕が「隠されている」と感じればそれがそうだし、僕が見つけたと言っても人が見たら、それは取るに足らない、ありふれたつまらないものかもしれない。

あるいは、それは一緒に仕事をしている人がめったに見せない素顔のようなものかもしれない。いつもにこやかで活き活きしていて、座持ちが上手で愉快な人が、一人でいる時につかのま見せる空虚な表情。

そんな表情を見てしまったら、どきっとして、悪いことをしたと思うだろう。その人に気付かれないようこそこそと逃げ出し、見たことをそっと心の中にしまっておくだろう。

そういうもの。

僕は東京という街のそんな表情を探している。それは東京の秘密。無数に散らばっている、秘密のかけらを、僕はこそこそと拾い集める。

今日もそろそろ探索の時間だ。

とはいっても、今日は友人とレストランで待ち合わせをしているので、いつものようにのんびり道草を食っているわけにはいかない。ここから約束の店まで歩いて三十分、というところだろうか。

もう外は暗くなっている。春の宵。

今年の三月は寒かった。いつだったっけ、沖縄県以外の県庁所在地の気温が全部氷点下、という日があって、へえー珍しい、と思った。梅も桃も開花が遅れ、押せ押せになってしまったため、梅と桃と桜がいっぺんに咲いている不思議な風景をあちこちで見かけた。モクレンやユキヤナギ、レンギョウまでいっしょくたになって咲いている。

ふと、理科の授業で育てた植物はなんだっけ、と考えた。

小学校一年は朝顔、二年はひまわり、三年はへちまだ。六年が稲だったというのは覚えているが、四年と五年が思い出せない。ヒヤシンスの水栽培というのも記憶があるのだけれど、あれは何年生の授業だったっけ。マリーゴールドの鉢植えを手にしていた記憶もある。あれは何の授業だったんだろう。こうしてみると、子供の頃はいろいろ奇妙なことをさせられていたんだな。

朝顔市とほおずき市には何度か行ったことがある。朝顔は、かつて江戸時代に一大ブームになったらしい。品種改良が進んで、観賞用にいろいろな形の朝顔が生み出された。もはや朝顔とは思えないような、雑巾をしぼったような奇抜な形のものもあった。

あの、青紫と白のすっきりした色が江戸の人々に好かれたのは分かる気がする。朝サッと咲いて、昼にはしぼんでしまうところも江戸っ子には受けたんだろうな。

すっかりいい大人なのに、夜に一人で首都高速の下の道路をぺたぺた歩いているのは、何かいけないことをしているみたいでどきどきする。

ガード下、というのは特に素敵だ。どことなく退廃の香りと昭和の気配が漂っている。もはや死語である、高度経済成長という単語が反射的に浮かぶのだ。

頭上からは、どこかへ急いでいるトラックや車が通り過ぎる殺伐とした音が降ってくるのに、ガード下はひっそりと暗く静まり返っている。

フェンスに囲まれた、児童遊園や駐車場。淋しく灯っているオレンジ色の街灯。あの電灯の光の中では、すべてがモノクロに見え、数十年前の世界にタイムスリップしたような心地になる。

闇の中に浮かぶ、大きくカーブした高速道路は、宙を流れる黒い河だ。東京の空には、幾つもの獰猛《どうもう》な河が流れている。

そのシルエットの下に、本物の川がある。暗渠《あんきょ》めいた、足の下を流れる、こちらも黒い川。高速で宙を走る上空の河に比べて、こちらの川は水が流れているのかどうかは、ちょっと見には分からない。天蓋のように覆っている高速道路の隙間から射しこむ街灯のわずかな光に、水面が爪で引っ掻いたみたいに鈍く光っている。

底なしに見える暗い水面を眺めていると、いつも「あの感じ」が襲ってくる。

今なら、「隠されたもの」が見つけられそうだ、という確信。すぐそこに、目の前に、それは隠されている、という予感。

僕はじっと水面を見つめる。

よく見ると、水面はかすかに揺れていた。しばらく見つめていると、やはりゆっくりと流れているのが分かる。更に見つめていると、水の底からも誰かがじっとこちらを見上げているような気がしてくる。

暗渠の底からこちらを見上げている、無数の目。

これは誰の記憶だろうか。僕の記憶？　ずっと前の僕の記憶？　別の僕が見た風景？　それとも街が持つ、場所の記憶だろうか。

僕は、幹線道路を外れて、古い商店街の中の道を歩くことにする。頭上の高速道路に沿っていけば、目的地には着けるはずだ。

一本路地に入ると、車の音は小さくなった。夕餉《ゆうげ》の匂いと、コインランドリーの匂いと、湿った水の匂いが混じりあって鼻に忍びこんでくる。紛れもない、人々の営み。毎日の生活の匂いだ。

この辺りには、古い家を改造して居酒屋やカフェにした店が点々とあって、夜になると柔らかな明かりが灯り、魅力的に路地に浮かびあがる。

よく磨かれたガラス戸の奥に、アンティークの家具を並べた小さな飲食店を見ていると、またしても時間を巻き戻したかのような奇妙な懐かしさを覚えて、なんだか泣きたいような気持ちになる。

いつもいつもこんなふうに、路地をさまよっていたっけ。カレーや焼き魚の匂いに鼻をうごめかし、家の中に入れない疎外感を抱えて、のろのろと街角を歩いていくかつての僕。

何世代も前の自分の記憶があるというのは奇妙な感じだ。こうして歩いていても、何人もの僕が重なりあって、肩にずっしりと乗っているような気がしてしまう。中国の雑技団で、一台の自転車に大勢扇状に乗っかって走る、という演目があるけど、ちょうどあんな感じ。決して重たくはないんだけれど、それでいて何かある、という感じ。

ふと足を止めたのは、人気のない三叉路に差し掛かったからだった。

横尾忠則の写真集『東京Y字路』を思い出す。彼はいっとき、Y字路に取り憑かれたかのようだった。あちこちのY字路の写真を撮りまくり、Y字路の絵を描いた。

この本を見て、なんとなく彼がY字路に惹かれた理由が理解できるような気がした。

分かれ道。さりげない一点で右と左に分かれ、同じ場所にいたものが少しずつ離れてゆき、やがては全く違うところへと向かう。まるで人生のように。運命のように。

恐らく、常に僕たちは無数の分かれ道を選んでいるのだろう。なんとなく右に行ったり、いつのまにか左の道に入っていたり。

僕はじっとその三叉路に立ち止まっていた。置き物みたいに真ん中にある、モルタル造りの古い二階建ての家を眺める。

玄関の木のドアは緑色に塗られていたらしいが、歳月が色彩を削ぎ落としていた。

このドアだろうか？

僕はじっとドアを見つめる。ドアの上の曇りガラスの奥がうっすらと明るいので、中には人がいるのだろう。僕がこうして佇《たたず》んで、ドアを見つめていると知ったら、きっと気味が悪いと思うだろうな。

H・G・ウエルズの短編を思い出す。道を急いでいると、必ず視界の隅に入る、緑色のドア。いつか開けてみよう、と思うのだがなかなかその機会がない。あのドアを開けたなら、もうひとつの世界に行けるはず。もうひとつの、ありえたはずの人生がそこにあるはずなのだと確信しているのに、探してみるとドアはなかなか見つからない。

僕が探している「隠されたもの」も、こういうドアや、ちょっとした家々の隙間に知らん顔をしてひょいと隠れている。

ここだろうか。そのドアを開けたら、見つかるのだろうか。

家の周りに並べてある、ちょっと元気のない鉢植えたち。名前は分からないけれど、アロエみたいなのと、ツツジみたいなのが交互に並んでいる。

よく住宅街の路地には鉢植えが並べてあるが、あれは観賞用というよりは家の周りに結界を作っているみたいだ。欧米などで、窓に飾られている花とはちょっとニュアンスが異なるような気がする。

僕は再び歩き出す。

エアポケットのような、古い住宅街。道も狭くて、道行く人たちも少しテンポがゆっくりだ。

電気屋さんの明かりが、店の形に浮かび上がっている。ちょっとお洒落な電気屋さんで、全体の色がピンクと黄色で、まるで夢の中の店のようで、魔法の道具を売ってくれそうだ。

鼻をかすめるのは、梅の匂いだ。どこかで梅が咲いているのだろう。梅という花は、匂いで存在を主張する。姿はなかなか見えない。

それに比べて、桜の花は「ここにいる」とはっきり主張する。夜でも闇の中で膨らみ、存在感を示す。

ああ、何度僕はこんな春を体験してきたことだろう。夜の街を歩きながら、彼らの存在を感じてきたことだろう。

ゴウゴウという、大河の流れが耳に戻ってきた。また首都高速の下に帰ってきたのだ。

僕は、宙に浮かぶ黒い河を見上げる。流線形に重なりあう、激しい流れ。ひときわ猛々《たけだけ》しく咲き誇る桜の花が、ライトアップされているのが見えた。なぜか、僕のことを笑っているように感じたのは気のせいだろうか。

次の瞬間、僕はまぼろしを見ていた。薄桃色の花が、ビルや首都高速を、すっぽりと包んでいる。巨大化した桜が、街を覆い尽くしている。ビルも、道路も、桜の花で窒息してしまう。

最後に勝つのは彼らだ。そう思った。

ひとつの風景が目に浮かぶ。

昔住んでいた家の近くにあった、大きなスポーツクラブが倒産してしまった。権利関係が複雑で清算に時間がかかったらしく、再開発までのあいだ、そのかなり広い敷地は長いこと高い塀に囲まれていたのだけど、ある時通りかかった僕は、何気なく塀の隙間から中を覗き込んでぎょっとした。

そこは、ジャングルだった。

というよりも、まるで塀の中が大きな緑のプールのようで、僕の背よりも高い鬱蒼とした夏草で敷地全体がぎっしりと埋まっていたのだ。

日本は植生が豊かで、ちょっとでも空き地があるとたちまち草が生い茂る。空き家なんか、たちまち屋根にぺんぺん草が生え、門と家のあいだに高い草が増えて、家を締め付け、あるいは押し入り、凄まじい力で破壊してしまうのだ。人の手が入らなければ、戸建て程度はあっというまに植物に呑み込まれてしまう。

将来、東京は緑の都市になってしまうのかもしれないな。

僕は、首都高速を覆う桜の花のまぼろしを見上げた。

高層ビルを覆う緑の壁。あちこちに緑のラプンツェルが棲《す》むかもしれない。

それはそれでちょっと見てみたい気がする。

その時の僕は、いったいどんな僕だろう？　人間の姿をしているのかな。それとも、鋼鉄を覆うジャングルで暮らせるように、鳥や昆虫みたいな姿になっているのだろうか。

またしても、桜が僕のことを笑ったような気がした。

そんなに笑うなよ。分かってるよ、君らには敵《かな》わないってこと。

僕は小さく肩をすくめる。

夜空を覆い尽くす薄桃色の花が、未来の僕と今の僕に向かって、いつまでも高らかに笑い続けている。

Piece十一、モンゴ

机を拾った。いや、机は大袈裟《おおげさ》か。コーヒーテーブル、という呼び名のほうがふさわしいかもしれない。

連休の谷間。ポカポカ陽気に誘われ、散歩ついでに一度覗いてみたかったブックカフェに行ってみようと住所を頼りにうろうろしていたら、ふと路肩に置いてあるそれが目に入ったのだ。

筆者の膝くらいの高さの小さな楕円形の木のテーブル。かなり古く、脚の部分の留め金に年代を感じる。どうやら普通の燃えるゴミに出したらしく、回収できないので粗大ゴミに申し込むように、という赤いステッカーがその日の日付を書き込んで貼ってあった。

たぶん同じ人が出したのであろうステンレスのストッカーぽいものも隣にあり、同じステッカーが貼ってある。引っ越したのか、模様替えをしたのか。

東京には、いろいろなものが落ちている。

捨ててあるのか、落としたのか判然としないものも多い。

意外によくあって、よく考えると不思議なのは、靴が片方だけ落ちているケースである。

子供の靴ならば分かる。だっこしていて脱げてしまった、というのはよくあるからだ。しかし、大人の靴というのは結構奇妙ではないか。

以前、モロッコに行った時、フェズという町の旧市街の中を歩いていたら、やたらと大人の靴が片方だけ落ちていて、首をかしげたものだった。

東京でも、たまに見かける。新品でもなく、履き慣れた気配を感じるもの。この靴を落としていった人は、どうやって歩いていったのだろうか。

いっぽう、東京のゴミは年々見えなくなるような気がする。カラスとの戦いに勝利するため、目のいいカラスが目視できない暗い時間に生ゴミが回収されるようになったところもあるし。

さて、今回のテーブルの場合、落としていったわけではないことは明らかだった。

モノは悪くないな。

最初、目について立ち止まった時はしげしげと眺めただけだった。

しかし、ブックカフェでコーヒーを飲んでいるうちに、だんだんあれが欲しい、という衝動が膨らんできたのだ。

筆者は小さなテーブルが好きだ。しかも古いもの。現時点でも、古道具屋やアンティーク店から買ってきたものが三つある。買ったことのある人なら分かるだろうが、新品や量販店で買うものに比べて、結構高いのである。あれと同じものを、これまでに何度か利用したことのあるヨーロッパアンティークの店で買ったら、四、五万はするのではないかという気がした。

帰りに戻ってみたら、それはまだあった。

もう一度、じっくりと手に取って眺めてみる。表面のラッカーは剝げ、傷がついている。サインペンか何かで落書きしたような痕もあるので、子供がいた家庭で使っていたのだろう。しかし、造りはしっかりしていて、何より、天板のカーブや脚のデザインが優雅で、日本で作られたものではないような気がした。

結局、ステッカーを剝がして抱えて持ち帰ることにした。たいした重さではないのだが、しばらく持ち歩いていると徐々に腕が疲れてくる。

拾った瞬間に思い浮かべたのは「モンゴ（MONGO）」という言葉だった。

ずっと前に買った本で読んだのだ。アメリカの俗語で、八〇年代以降、ニューヨークで道端に捨てられている、まだ使用可能なゴミ、あるいは、鉄くずを拾う人そのものを指すという。大量生産および大量消費発祥の地、アメリカならではである。

もっとも、その本ではモンゴを広く解釈し、空き缶を回収してお金を稼いでいる人もいれば、貴重な廃材（古い木材やドア、敷石など）を見つけ出して建物の改修に使う職人、古いおもちゃやアンティークボトルのコレクターなど、とにかくニューヨークのあらゆる「ゴミ」として扱われているものから「新たな価値」を見つけ出す人、というニュアンスで使っていた。

印象に残っているのは、十九世紀の戸外トイレの跡を専門に探している人だ。汲み取り式なのか肥溜めなのかよく分からないが、トイレというのは結構人がよくものを落とすらしく（落としても、よほどのことでもない限り回収したいと思わないだろうし）、貴金属や硬貨などが落ちていることが多いらしい。こうなるとほとんど考古学の発掘の世界で、実際に「史蹟」として掘っている考古学者とは対立しているという。

もうひとつ、筆者の職業柄のためか面白かったのは、捨ててある本から価値のある本を見つけ出して稀覯本専門店やコレクターに売る、という人だった。現在はネットオークションもあるので、以前よりもずっと売り易くなったそうだ。無造作に路肩に出された本の中にジェイムズ・ジョイス『ユリシーズ』やイアン・フレミング『カジノ・ロワイヤル』の初版本を見つけた、などと聞くと、ちょっと自分でも探してみようかと思ってしまう。

日本の場合、かつては古新聞、古雑誌はちり紙交換に出すというのが当たり前だった。

「毎度お馴染みちり紙交換でございます」というアナウンスは、誰もが真似したことがあるはずだ。子供の頃は、新聞ひと月分でトイレットペーパーが二つくらい貰えた記憶がある。

江戸時代から紙は貴重品で、反古《ほご》紙を専門に扱う業者も存在したし、回収業者、古紙問屋、漉《す》き返し業者の手を経て紙はとことん再生利用されてきた。江戸時代が徹底したリサイクル社会だったのは有名である。

しかし、バブルの時期とそれからしばらくのあいだは古紙の値段が下がりすぎて、ちり紙交換どころか回収すらしてもらえなかったので、雑誌は燃えるゴミに出すしかなかった。なんだかものすごく罪深いことをしている気がして、ゴミ袋に雑誌を入れる嫌な感触が今でも手に残っているほどだ。古紙の資源回収が復活した時は心底ホッとしたことを覚えている。

ところがここ数年は古紙の値段が急速に上がり、自治体の資源回収に出してあるものを持ち去られるのが問題になった。資源回収日に出してあるものは自治体の財産である、という解釈が為《な》されたという。

その現実を目の当たりにしたのは、数年前に引っ越しをした時である。

資源回収日の早朝、古本屋に出し切れなかったり、引き取ってもらえなかった本や雑誌のバックナンバーを大量に出していたら、どこからともなく現れたおじさんやおじいさんがすうっと寄ってきて、「見ていいか」「持っていっていいか」と言うのである。本当に、どこからやってきたのかちっとも分からない。自転車で通りかかった人も一人いたが、あとの数人は、手ぶらで歩いてきた人たちである。

持っていくなら、束ねた紐を結わえ直していってくれ、と頼んだが、ただ闇雲に新古書店に持ち込む様子でもなく、明らかに選別して持っていっている。あれは謎だった。しかも、早朝五時前後で、まだ人っ子ひとり通っていない時間帯だったのだ。加えていえば、どの人も、これまで一度も見かけた覚えのない人だった。

更に、数週間に分けてそんなふうに本を出していたら、最後の週には出し終わって家に引き揚げたとたん、明らかに自治体に委託されたのではないトラックがやってきて、根こそぎ本と雑誌を持っていってしまった。どうやら、続けて沢山の本を出したので「あそこでは大量の本を回収日に出す」という情報が出回っていたとしか思えない。もしかして、日頃から資源回収日にあちこち回って情報交換するネットワークが出来上がっているのではないだろうか。

持ち帰ったコーヒーテーブルを玄関に置いた時には息も上がってしまい、座り込んでじっとテーブルを眺めてしまった。

しばらく検分し、果たしてこれを持ち帰ったことが正しかったのか自分に問い質《ただ》してから、濡れ雑巾でゴシゴシ何度も拭いて、ようやく家に上げる。

そういえば、ずっと昔、会社員時代にも処分される予定だったものを持ち帰ろうとしたことを思い出した。

まだ入社二年くらい。会社はOA化を進めており、同時に什器《じゅうき》もスチール製のものに交換され、古い木の机や戸棚はどんどん処分されていった。

筆者が欲しかったのは、木の顧客カード入れだ。昔の図書館にはよくあった貸出しカード入れに似ている。カードはちょうどCDと同じサイズだったので、CD入れにしたくて貰いたかったのだが、貰おうと決心して願い出た時にはタッチの差で処分されたところで、しかも社員にはあげられないと言われたのだった。

次に欲しかったのは、デパートやアパレルショップなどで使う、キャスター付きの業務用のハンガーである。よく通路なんかで、沢山の服を下げて押して歩いている丈夫な奴だ。

これは別のフロアにあった会社が捨てようとしていたのだが、これもまた頼んでみたら断られた。通販などでよくある華奢なキャスター付きハンガーよりも、ああいう業務用の丈夫なものが欲しいと思うのは筆者だけだろうか。ハンパなものより用途に特化した専門の用具をなぜ売り出さないのか、ずっと不思議でたまらない。

貰うのに成功したのは、ステンレス製のキーケースである。よくビルやマンションの管理室の壁に据えつけてある、中に鍵を掛けるフックが何段も並んでいる薄緑色で扉付きの、A3サイズほどのキーケース。

まだほとんど使っていない、新品同様のキーケースが捨ててあった。貰っていっていいか、と総務に尋ねると「いいけど何に使うのか」と不思議そうな顔をされた。「アクセサリー入れにする」と言うと、納得したようなしないような微妙な表情になったが、晴れて持ち帰ることができた。ネックレスはぶらさげておくのが一番。しばらく掛けて使っていたが、今いち使い勝手が悪かったのか、いつのまにか処分してしまったらしく、今はもうない。だが、処分した記憶がないのが不思議である。もしかしたら、別の使い道を思いついた（あるいは、本来の使い道を選んだ）誰かにあげたのかもしれない。

学生時代、誰でも知り合いに一人は、すべて人から譲ってもらったものだけで生活している人がいたものだ。それこそ、家電や家具などみんな拾ってきて使っている人もいた。

誰かのゴミは誰かのモンゴである。その逆もまた真なり。

筆者は、筆立てに立ててある、どうしても捨てられないある有名ファストファッション店のタグを取り出してみる。これが、大きさといい厚みといい、本の栞《しおり》にぴったりなのだ。これもまた、モンゴというわけである。

Piece十二、『華麗なるギャツビー』

グレート・ギャツビー曲線という言葉がある。

最近出てきた経済用語で、もちろん言わずと知れたスコット・フィッツジェラルドの小説から取ったネーミングである。

貧しかった青年が財を成して上流階級に食い込もうとして失敗する物語。ある意味、「アメリカン・ドリーム」を描いた小説なのだが、どちらかといえば、ほろ苦いアメリカの悲劇あるいは負のイメージで語られる小説だ。

グレート・ギャツビー曲線というのは、横軸に貧富の格差の大きさを表す数値をとり、縦軸に親と子それぞれの所得の連動性を示す数値をとって、各国の値を比較したものである。つまり、アメリカン・ドリーム、すなわち成り上がりが可能な社会かどうかを視覚化しているのである。

それによると、現代のアメリカの位置は先進国では最低レベルで、もはや、アメリカン・ドリームは死語であることを示しているという。

そんなことを考えていたのは、大阪の水上クルーズでの船着場を出た時のことである。大阪といえば、筆者の頭に浮かぶのはなぜか「船場《せんば》」だ。谷崎潤一郎の『細雪』のイメージである。もっとも、谷崎は関東大震災以降に関西に移り住んだわけで地元の人間ではないし、『細雪』では船場の店も商売もほとんど出てこない。けれど「船場」というのが大店《おおだな》が集まっている一等地だという印象と、「いとさん」「こいさん」などの聞いたことのない呼び名に上方文化を感じたことを覚えている。

最近読んだ本の中で、「ごりょんさん」という言葉を初めて知った。これは大店の女主人を指す言葉で、使用人の採用から教育、客とのつきあいなどを一手に引き受け、ちょっと想像しただけでも、相当な器量と裁量を必要とする職務である。一般的にイメージする「おかみさん」とはややニュアンスが異なるようで（もっと偉いらしい）、関西の働く女子の中では最高のポジションであり、庶民にとっては「私もいつかごりょんさんになりたい」というほど憧れの職業だったという。

そういう意味では、日本は、最近はどうか分からないがグレート・ギャツビー曲線的には「成り上がり」が可能だった社会で、特に関西は才覚ひとつで成功でき、そういう成功が賞賛される世界だったのではないかと思われる。

梅雨の晴れ間の六月半ば。東京は梅雨寒《つゆざむ》で上着なしでは歩けなかったというのに、大阪は蒸し暑かった。もっとも、川下りにはちょうどよい天候だったかもしれない。

大阪はかつて「水の都」と呼ばれていた。

都市あるところ大河ありで、むろん東京も川が多く運河もあったけれど、大阪はそれ以上。古くから世界最高水準の商都だった。戦前のある時期は東京よりもはるかに経済規模が大きかったため、当時は「大大阪《だい》」と呼ばれていたという。整備された運河によって豊富な物流が支えられ、市場が発達した。現在当たり前に行われるようになった先物取引が世界で初めて行われたのが江戸時代の大阪だったのは有名である。

船はゆっくりと中之島の脇を通過していく。公会堂、図書館、日銀。歴史的建造物が次々と目の前に現れては後ろに流れていく。

筆者のお気に入りの場所である、東洋陶磁美術館も見えた。

この美術館の元になった安宅《あたか》コレクションは、筆者にとってはコレクターという人種の不気味さ凄まじさを思い起こさせる象徴みたいになっているが、おかげで名品揃いの素晴らしいコレクションが残った。コレクターの人格及びその生涯に対する毀誉褒貶《きよほうへん》とコレクションの内容が正比例しないところが、美術品というものの面白いところである。

関西の金持ちのカネの遣い方は、凡人の理解を超えている。

最近、ジャッキー・チェンが自分の遺産はすべて寄付し、子供には残さないと宣言したことが話題になった。どうしてですかという質問に「もしうちの子供に才覚がなければ（どんなに多くの遺産があっても）すぐにつまらないもので食い潰してしまうだろうし、もし才覚があれば遺産がなくてもちゃんと一人でやっていけるだろう。どちらにしろ必要ない」と答えていたのになるほどと感心した。

おカネは作るよりも遣うほうが遥かに難しい。ましてや、子孫に残すのはもっと難しい。筆者が子供の頃からなんとなく関西人に引け目や気後れ（あるいは恐怖）を覚えてきたのは、関西人の中に蓄積されている、おカネを通して実地で得た、膨大な世間知に対する引け目のような気がする。

もうひとつ、関西人に対する筆者の恐怖の要因は、「笑い」である。

筆者は子供の頃からコメディアンというものが怖かったのだ。なぜかは分からない。真のコメディアンというのは強烈な毒とルサンチマンを発しているもので、筆者は笑いより先にそちらに反応してしまうのである。だから、小さい時から周囲が受けていても一人で青ざめているということが多く、なぜみんなが笑っているのか分からなかった。中でも関西の笑いにはより強くそれを感じてしまい、「笑い」というのは長らく苦手なジャンルだった。吉本新喜劇に至っては、こんにちに至るまで、どこがおかしいのかさっぱり分からない。

船はゆったりと堂島川を進む。

橋というのは時代が出るもので、見た目も素材もそれぞれだ。クラシカルなものから当時の最先端のものまで、見事な橋を川の上から眺めるのは面白い。船の高さがかなり低く抑えてあるのは、水面との距離がかなり近い低い橋があるためと、潮の満ち引きの関係で水位が上下するからだという。

『エピタフ東京』は暗礁に乗り上げていた。

船に乗っていて「暗礁に乗り上げる」とは不吉だが、逆になんともうまい表現だと感心してしまう。

長期に亘《わた》って構想したり書き直したりしている作品を、他にも幾つか抱えているのだが、戯曲というのは時代性が顕《あらわ》れるので、あまり長いこと書き続けていると、いつしか時代とずれてしまったり、焦点がぼやけてしまったりする。

都市の趨勢《すうせい》、勢い、盛衰。『エピタフ東京』には時代性と共に、そういうものをどこかでちらりと背景に盛り込みたいと思っていたのだが、その匙《さじ》加減が想像以上に難しい。

大きな船とすれちがうと、川面が大きくうねり、真珠採りの舟を改造したという小さな舟は大きく揺れる。波を避けるために、船長は舟を波と垂直になるよう切り返す。

そういえば時代のうねり、という言葉もある。確かに、小さな船上にいれば、川のうねりはどうしようもない。ただただうねりの力をやりすごし、乗り越えていくだけだ。

安治《あじ》川に入ると、両岸では建て替えの進むビルや建設中の超高層マンションが次々と目の前に現れる。川の幅が広がるにつれ、鉄橋も大型になり、欄干も遠ざかり、歩行者や自転車がうんと高いところに見える。

前方に奇妙なものが見えてきた。

半円形の巨大なアーチ。

水門である。一九六一年の第二室戸台風以降に造られたもので、大潮などと重なって水が内陸部に上がってくるのを防ぐのだそうだ。

これをどうやって閉めるのかと思ったら、このアーチ状の部分を川の中に倒すのだという。なるほど、原理としては単純だ。倒すところを見てみたい。次の閉門日、というのが貼ってあるところを見ると、同じことを考える人がいるのだろう。

川幅が広がり、潮の香りを感じる。大阪湾が近いのだ。

河口が近付くにつれ、なぜか映画『復活の日』を思い出してしまった。生物兵器で人類の絶滅の危機に瀕した世界で、主人公の恋人で看護師役の多岐川裕美《たきがわゆみ》が、ボートで共に暗い東京湾に漕ぎ出す絶望的な船出の場面。

何百年も先、都市の終わりというのはどういう状態になっているのだろう、としばしば考える。

新宿や梅田の雑踏を歩きながら、この喧噪も人影もなくなってしまう世界があるのだろうか、と想像する。

今年のはじめ、国立新美術館の展覧会で、ある画家の作品を観た。

この若手の画家は、「未来の廃墟」をえんえんとリトグラフで描き続けているのだった。国会議事堂に浅草雷門、代々木体育館に銀座四丁目。シドニーのオペラハウス、サンフランシスコのゴールデンゲートブリッジ、北京のオリンピックスタジアム、などなど。

それは人類が姿を消し、廃墟となった都市の風景なのだが、これが非常にリアルなのである。ひょっとして、数百年後にはこんなふうになるのかもしれないな、と思ってしまうようなリアリティだった。

中南米でマヤ文明やインカ文明の遺跡を見た時も、似たような既視感を覚えた。きっと、この都市を造った人たちはここが無人となり、ジャングルに埋もれてしまうなどとは想像していなかったんだろうな。全盛期には、どこも美しく赤く塗られたピラミッドが太陽の光に神々しく輝き、いつまでも王の御世は続くと信じていたんだろうな。

東京だって、人の手がはいらないと空き地はたちまちジャングルになってしまう。このところの温暖化を考えてみても、無人になったらあっというまに草に覆われ、緑に呑み込まれてしまうに違いない。

『エピタフ東京』のクライマックスの台詞は幾つか頭に浮かんでいた。

登場人物の一人が、ジョン・コルトレーンの「マイ・フェイバリット・シングス」を

BGMに語る長台詞。

恐らくそれは、これまで都市というものが呑み込んできた、多くの命について触れることになるのだろう。都市というものが初期の成立過程で人柱にしてきた人々、都市が成長し巨大化するために歯車として消耗してきた無数の労力、あるいは成り上がりを夢見て都市に引き寄せられ、あえなく敗れ去っていった志の数々を悼む台詞になるはずだ。

倉庫街を見ながら、更に船は河口に近付く。

岸壁にそびえるクレーンは、それぞれに形状が異なり、巨大な生物のようにも、モニュメントのようにも見える。

キリンに似たの、象に似たの、恐竜に似たの。

灰色に靄《もや》の掛かった空の中に浮かぶそれらの影は、かつて絶滅した古代生物の群れにも似ている。今にも歩き出しそうで、不思議な光景である。

遥か頭上に急カーブを描いているのは、なみはや大橋だ。歩行者や自転車も通れるというが、高所恐怖症の筆者から見ると有り得ない高さである。カーブもやけに急で、車に乗っていてちょっと余所見《よそみ》をしていたら、そのまままっすぐ海の中にダイブしていってしまいそうだ。その向こうに、二段重ねで伸びているのは赤い港大橋。地上からはなかなか目にできない、ダイナミックな風景である。

インフラというのは偉大なものだ。橋を架ける、道路を造る、鉄道を敷く、下水道を整備する。どれひとつとってもまさに生命線で、文字通り都市の骨格を成す。

近代化以降、世界中の大都市はどこも揃ってインフラの寿命を迎えており、更新に頭を悩ませている。都市が機能を保ちつつ更新してゆくのは難しい。財産を子孫に残すことくらい、いやもっと難しいのではないか。

船は終点に近付き、ゆっくりと道頓堀川を目指す。

潮の気配が消え、電車や車の音が代わりに戻ってくる。

閘門《こうもん》運河に入るのは生まれて初めてだ。道頓堀川との水位の差を埋めるというよりも、流れがなくてよどみがちな道頓堀川に水を送り込むために閘門を設けているらしい。

停船すると、後ろでゆっくりと水門が閉まっていく。

ここの水門は、川底にある板状の門がゆっくりと持ち上がってくる形式だ。みるみるうちに、停船している船が上がっていくのが分かる。

今度は、観音扉式の前方の水門が開いた。

再び、動き出す船。船が進んでいくのは、道頓堀川のイメージ通り、波もなく、濃い緑色の重い水面である。

繁華街に帰ってきた、という感じがした。

船着場はウッドデッキの、しゃれた造りである。どうやら大阪は「水の都」の復活に力を入れているらしく、あちこちに「川の駅」が整備されていた。

橋の上で、二人組の男の子が何やら派手なアクションでお喋りをしていると思いきや、この船着場は漫才コンビのタマゴがよく稽古に使っているのだそうで、確かに、他にも何組かの男の子が辺りに目もくれず、何度も突っ込みのやり直しをしていた。

ここにもまた、「成り上がり」を目指す者がいるのだった。

彼らも都市の流れをつくる、無数のベクトルのひとつ。

船着場を離れた時にはそう考えたことすらすぐに忘れ、どの立ち飲み屋に入るかで頭がいっぱいになった。都市というのは、無数の煩悩を呑み込んでくれ、ただの無名の胃袋になってしまえる、ありがたい場所なのだ。

Piece 十三、

屋上とジャンクション

B子と日本映画を見た。

女性監督が撮った話題作で、筆者もB子もあまり好きな場所ではない渋谷が魅力的に撮られていた、という感想で一致した。

映画のロケ地が観光地になったのは『ローマの休日』辺りからだと言われている。ローマは映画が撮られる前から有名観光地だったからいいものの、よく考えてみると、ロケ地に行ってみたいという願望は不思議だ。スクリーンに映しだされているのは、虚構としての風景である。映画がフィクションである以上、物語の背景である風景も虚構としての背景なのだ。現実の場所に行って、虚構の追体験をしたいと思うのは、なんだか矛盾しているような気がする。

その一方で、確かにスクリーンの中で見る都市は魅力的だ。ソフィア・コッポラの映画『ロスト・イン・トランスレーション』が公開されたあと、舞台になった新宿のホテルにアメリカ人観光客が殺到したという話は有名である。しかし、パリやニューヨークが魅力的な映画は幾らでもあるが、映画の中の東京が魅力的なものはあまり記憶にない。だからこそ、それが珍しく話題になったのだろう。

その名もズバリ『東京物語』という小津安二郎の名作があるが、あれは不思議な映画で、東京を描いたというよりは、都会と地方の関係性を描いた作品である。小津を敬愛するヴィム・ヴェンダースが撮ったオマージュ『東京画』でも、小津に私淑する海外の映画監督のインタビューが挟まれているが、東京の映画だと考えている人はおらず、誰もが『東京物語』を、都市化の進むどの国でも共感できる普遍性がある映画、と答えている。

そこで思い出したのは、知人の小説家の話だ。

新聞に小説を連載する場合、全国紙と地方紙とがあるが、地方紙には専門に小説の配信を扱う会社があり、そこが小説を売るのだそうである。

それで、地方紙の小説を連載する時に、東京を舞台にするのは構わないけれど、他の特定の地域を舞台にすることは避けるように言われたという。

東京はどの地方からも等しく距離があるが、他の地方都市を舞台にすることには不公平感を覚えるらしいのだ。

つまり、東京というのはほとんど記号のようなもので、映画の中の風景と同じく、ほぼ虚構の世界とイコールなのである。

子供の頃、どうしてドラマの舞台はいつも東京なのだろうと不思議に思っていたが、東京ならば何が起きても不思議ではないし、誰にとっても距離があるからなのだ。だから『東京物語』も、記号としての東京を描いた映画なのだ。


話は変わるが、「香港映画の中にはいつも屋上がある」と言った人がいる。けだし名言だと思う。

それは単純に、記憶に残っている香港映画によく屋上のシーンが出てきたからだが、本当にその意味を理解できたのは、最近になってからだ。

いっとき話題になった刑事ドラマを見ていて、感心したことがあった。

主演二人のキャラクターが役にはまっていて面白かったのもあったが、目に留まったのは、そこに映っている東京が美しかったことだ。このドラマ、影の主役は東京だなあ、と思ったのだ。

そのあと、ふと気付いたのである。刑事もののドラマというのは、必ず屋上のシーンが出てくるものである、と。

捜査が行き詰まり、一服する場面。または、事件の謎が解明される終盤の場面。登場人物は、必ず屋上に行く。

過去の真相の告発、懺悔《ざんげ》、励まし。あるいは証拠湮滅《いんめつ》、最後の決闘、犯人の自殺。それらはほとんどが屋上で行われるのだ。

そこで「香港映画の中にはいつも屋上がある」という言葉を思い出したのである。

つまり、屋上のシーンがよく出てくるのは、犯罪がらみのドラマなのだ。ならば、「香港映画の中にはいつも屋上がある」のは当然だ。なにしろ、香港映画イコール、ほとんどが犯罪アクション映画なのだから。

そこでハタと思いついたのだ。都会がもっとも美しく見えるのは、刑事ものや犯罪もののドラマなのではあるまいか。

高度成長期末にスタートした人気刑事ドラマ『太陽にほえろ!』のタイトルバックが新宿副都心の高層ビルの風景だったのも、そういう高層ビルの立ち並ぶ、ある意味未来的な光景が美しいと視聴者に刷り込む必然性があったのだ。

それは東京だけではない。考えてみれば、当然である。都市の闇、都会の暗部、そこで暮らす人々の本質をえぐりだすのは犯罪だ。都市の性格や特性もそこに強くあぶり出される。それに、刑事たちは常に出かけていく職業だ。都市のどこかで何かが起こり、隠されたものを探しにいき、さまざまな景色を見て、都市のもうひとつの顔を見ることになる。捜査官たちは、日々、都市の中に異形《いぎょう》の光景を見ているのだ。

もうひとつ、東京の映像の象徴的風景は、団地に始まる巨大な集合住宅である。見知らぬ隣人と、無数の匿名性が詰まった箱。団地は出て行く家族とやってくる家族が交錯する世界で、転勤族という移動する人々も生み出した。

一説によると、団地を舞台にしたフィクションの代表作は、大友克洋の『童夢』だそうだ。巨大な団地の中で、超能力を持った少女と老人が戦う話。二人は互いに名前も知らないが、団地の中の公園で出逢い、対決する。

その過程で、団地は激しく破壊されるのだが、怪獣映画というジャンルのあった日本では、東京は常に破壊される対象でもあった。

どこかに新名所が作られると、ゴジラはスクリーンの中で必ずそれを破壊することになっていた。今にして思えば、あらかじめフィクションの世界で破壊しておくことによって、逆に永続性を祈念していたような気がする。

地震に台風、空襲に組織犯罪など、幾多の災厄に見舞われてきた東京は、常に破壊の予感があり、廃墟に対するデジャ・ビュがある。日本人にとって、スクリーンの中の破壊は、「いつか見た光景」であり「いつか見る光景」なのだ。

バベルの塔の昔から、破壊の予感のある土地には高い建物が建てられるものと相場が決まっている。

東京を魅力的に撮った映画、ねえ。

B子と帰り道にそんな話をしていた。

不思議だよね、外国人が撮った映画だと、やっぱり外国人から見た東京で、あたしが知ってる東京に見えないんだよね。あれって、結局、彼らから見た東京なんだね。彼らの頭の中にある、彼らのイメージの東京。タランティーノの『キル・ビル』と大差ない。みんな、自分の知っている東京を撮っている。

そうだろうね。

B子と一緒に、渋谷に新しくできた劇場の内覧会に寄った。ミュージカル専用と謳《うた》っており、シックで素晴らしい設備の劇場である。

劇場は、高層ビルの中ほどにあり、ロビーからは渋谷の街が一望できる。

うわ、綺麗。行ったことないけど、マンハッタンみたい。

筆者がそう言うと、マンハッタンに行ったことのあるB子は笑った。

こうしてみると、渋谷って、意外に街を見下ろせる建物ってあんまりないんだね。初めて見る風景の気がする。

確かに、渋谷って高層ビルないね。

スタッフが、楽屋やリハーサル室を見せてくれる。楽屋にはいろいろランクがあって、VIP用の楽屋はなかなか豪華である。

そのうちのひとつから、東京スカイツリーが見えた。その部屋だけ、窓の方角が他の部屋と異なるのだ。

きっと、来日したメンバーのあいだに口コミで広がって、あたしにはスカイツリーが見える部屋にしてちょうだいって言う人が出てくるんだろうね。

どうしてあたしの部屋からは見えないの？　って文句言われたりして。

しっかし、ホントにどこからでも見えるよね、スカイツリー。東京タワーの下通るたびに、スカイツリーってこれの倍近い高さがあるんだなって思うと想像できない。

ロビーに戻りつつ、ひそひそと無駄話をする。

ガラス張りのロビーからは、暮れていく渋谷の街が沈んで見えた。

あ、ひとつ思い出した。B子が突然足を止めた。

何を？

聞き返すと、東京が綺麗な映画よ、と答える。

タイトルは忘れちゃったなあ。確か衛星放送の会社が作った映画でね。ラストシーンで、ヒロインが画面の隅っこにぽつんと立ってるの。で、後ろにあるのがものすごくでっかいジャンクションなんだよね。たぶん、品川とか川崎とかあの辺りの。それが画面いっぱいに収まってて、すっごく綺麗で。映画の内容とかほとんど忘れちゃったんだけど、あの映像だけが印象に残ってる。監督も、この風景を撮りたかったんだなあって思ったことはよく覚えてるの。

ふうん、ジャンクションねえ。まあ、ダイナミックでかっこいいことは認めるけど、映画一本観客に見せて、それしか印象に残らないっていうのもどうかねえ。

でも、監督はきっとその風景を焼き付けたかったんだと思うよ。

B子はしきりに頷いている。

東京が魅力的な映画。なんだか、ゆっくり探してみたくなったなあ。帰りにツタヤに寄ってこうっと。

二人で、さっき映画の中で見た、渋谷の巨大なスクランブル交差点に向かう。映像の中で見たフィクションの渋谷と、現実の渋谷が重なり合う。

Piece 十四、点と線

十数年ぶりに歯医者に通っている。

きっかけは二十代に入れた差し歯が取れてしまったことだったが、通い出してみたら虫歯が幾つも見つかって閉口した。大人になったら虫歯はできないものだと信じ込んでいたのだ。それも、噛みあわせの部分にできるものだと思っていたら、歯の横の部分とか、思いがけないところにポツンとあり、横から中に伸びていたりしてびっくりした。

ありがたいことに、普段医療機関とは無縁の生活を送っているので、たまに医者に行くといろいろ機材が進歩していて驚く。

診てもらっていた歯科医が途中で別のところに転職したので一緒に移ったのだが、そこは新しく開業した歯科医院で、最新型の機械が入っていて、ほとんどSF映画の世界である。流線形のデザインはロボットのようで、椅子は宇宙船のコックピットみたいだ。

目の前にパソコンのディスプレイが吊り下げられていて、そこにレントゲン室で撮ったX線写真のデータがすぐに転送されてくる。顎の部分が3Dでも見られるようになっていて、MRIのように断面図も追っていける。

やはりこの春、久しぶりに眼科に行った。目の充血がなかなか治まらなかったので診てもらったのだが、眼科というのは若い患者が多いのに驚いた。そのほとんどが、コンタクトレンズの購入と、そのトラブルなのである。なるほどと納得させられた。薬局に点眼薬を貰いに行ったら、こちらも全部デジタルデータ管理で、薬のカラー写真まで入ったプリントを渡されたので「進化してるなあ」と感心した。

人間、自分が必要としないものは全く「見て」いないものである。

目の充血が取れないのでネットで探してみると、近所にこんなに眼科があるのかと思い、実際に街を歩いてみると毎日歩いていたところにちゃんとある。歯科医院に至っては乱立気味で、東京全体でどれだけあるのか想像もつかない。

以前、初めてギックリ腰になった時も、十年以上暮らしていた町なのに、接骨院や鍼《しん》灸《きゅう》院、カイロプラクティックの施術院がこんなにあったのかと驚いたことを覚えている。いかに普段何も見ていないか愕然とさせられた。

考えてみれば当たり前のことだが、人はそれぞれ自分の地図を持っている。自分が必要とするものだけが各自の地図に書き込まれていて、それ以外は「省略」されているのだ。

最近読んだ誰かのエッセイでも、自分で郵便を出さなければならないことになって、初めて近所にあるポストの位置を確認した、これまでどこにポストがあるか全く知らなかった、と書かれていたのが印象に残っていた。赤く四角いあれだけ目立つポストを全く認識していなかったというのだから、やはり人は自分の興味あるもの以外は何も「見て」いないのだ。

筆者は仕事柄、郵便局を利用することが多い。引っ越す時も、近くに郵便局があるというのが条件のひとつだったし、散歩する時も街の中のポストの位置を確認しながら歩いているところがある。あるいは、必要とする商品を置いているそれぞれ異なるコンビニエンス・ストアを点として繋いでいる。お酢はここ、FAX用紙はここ、好きなサンドイッチを置いているのはここ、というように。

人によっては、ファストフード店やコーヒーショップを繋いでいるかもしれない。星座が任意の点を繋ぐように、人は街の中で無数の自分だけの星座を描いているのだ。

時々、改めてじっくりと街の中を歩いてみると、世界はあらゆるサインに満ちている。たとえば、個人の家の玄関だけでも、いろいろなことが読み取れる。

蘇民将来《そみんしようらい》の札、「犬」のステッカー、NHKのステッカー、聖書の言葉、スプレー缶の落書、イワシの頭にヒイラギの葉、猫よけのペットボトルに魔除けの盛り塩。

街に出れば、道路標識、ビルの上の看板、「○○家」の葬儀の案内、交通事故の目撃者を探す立て看板、事故現場の花束、「犬の糞はお持ち帰りください」、二十四時間営業、昨日の交通事故死亡一名、云々。

いっとき、郵便受けや門柱のところに謎の記号が描き込まれているのが、泥棒たちの暗号ではないかと不安がられたことがあった。

誰が描いたのかは分からないが、ある種のホーボー・サインであることは間違いないのではないかと思われる。

ホーボー・サインはヨーロッパで定住せずに各地を移動する放浪者たちが後から来る者に対してその土地の情報を描き残したもので、その後十九世紀後半に鉄道網が発達したアメリカでも広まった。ホーボーと呼ばれる放浪者たちは貨車などにただ乗りして、東西南北を渡り歩いたのだ。

その一部を本で見たことがあるが、簡潔な記号にそれぞれ切実な意味があり、「隣人危険」「所有者留守」「清水あり」「だまされやすい人」「親切な婦人」「無料で診てくれる医者がいる」「たちの悪い犬」「警官が住んでいる」など、野外生活者のための情報になっているのだった。

そのサインで、今でも強烈に覚えているものがある。

一九九四年のことだ。暑かったので、八月か九月くらいだったと思う。

御茶ノ水から神田辺りを歩いていた。信号待ちで立ち止まり、ふと何気なく近くのガードレールに目をやったら、何か字が書いてある。

なんだろうと身体をかがめてよく見てみたら、ゴム印で彫った文章が紫色のインクで白いガードレールにぺたぺた押してあるのだった。

ありふれた明朝体で、二段組になったその文章はこうだった。

松本サリンはオウムのしわざ

読んだ瞬間、ゾッとしたことを思い出す。

そして、改めて周囲を見てみると、ガードレールには、えんえんとその文章が押してあるのだった。まるで蟻《あり》の行列のように、ずっと先まで続いている。

いったいなんだろう、これは。

わざわざゴム印を作り、インクパッドを手に持って、街の中で辛抱強くぺたぺたと押し続けている人物。その顔を想像しようとしてみるが、全く頭の中に像を結ばなかった。

松本サリン事件はこの年の六月に起きており、第一通報者が容疑者として逮捕され、それで事件は終わったとされていた。地下鉄サリン事件が起きるのは、翌年である。

もしかして、筆者の記憶違いで、一九九五年の夏だった可能性もあるが、とにかく誰かがあの頃スタンプを作り、そこここで押していたことは間違いがない。

夏の眩《まばゆ》い陽射しの中で、あの文字を目にして文字通り背筋が寒くなったことだけは鮮やかに覚えているのだ。

都市はサインに満ちている。特定の人へのメッセージがそこここでひっそり発信されている。読み取れる人には読み取れるが、それ以外の人間にとっては何の意味もなく、視界にすら入らない。あるいは、そこここで何かを主張しているのに、誰にも読み取ることができないかもしれない。

そんなことを考えながら、今日も歯医者に行った帰り道のことである。

その歯医者はオフィス街の中にあり、駅から二分という好立地にあった。治療を終えて駅に戻る途中、チラリと見知った顔を見たのだ。

あれ、と思った。

立ち止まり、周囲を見回したが、その顔はどこにもない。

奇妙に思って、よく見たところ、小さなビルの一階のガラス張りのテナントの奥に、細長い鏡があったのだ。

休業日なのか、そのフロアは真っ暗だったのだが、鏡には外が映っていて、そこにその顔を見たのだと気付いた。

あれは、吉屋だった。

筆者は、もう一度周囲を見回した。長髪で長身だから、離れていても見つけられるはずだ。そう思って、じっと道路の先を見つめてみたが、それらしき人物は見当たらない。

あの尾行以来、吉屋には会っていない。

もしかして見間違いだろうか、と鏡の中で見た顔を反芻《はんすう》してみる。

しかし、やはりあれは吉屋だった。あの背格好、髪形とファッション。似たような人物はいるだろうが、あれは筆者の知っている吉屋だった。

あきらめてホームへの階段を下りながら、奇妙な心地になった。

似たようなことが最近あったことを思い出したのだ。

あれもやはり鏡だった。

近所を散歩していた時、チラッと吉屋の姿を見たように思ったのだ。

見たように思った、というのは、視界の片隅に通り過ぎる背中が過《よぎ》ったからで、顔は見えなかった。ただ、長い髪とデニムのジャケットに見覚えがあり、あれ、吉屋だな、と思ったことを記憶していたのである。

そこは古い喫茶店で、道路側の壁が天井までのガラスになっていて、中がよく見える。奥のソファ席の後ろが大きな鏡になっているので、店の前を通り過ぎると鏡に映った像が視界の隅をかすめるのだ。

吉屋とよく顔を合わせていた店はその近くにあるから、彼が近所を歩いていても不思議ではなかった。

しかし、こんなオフィス街で吉屋の顔を見るとは。

確かに、広い東京でよく出くわす人はいる。でもそれは、似たような興味を持っているためイベント会場で会うとか、同業者が行く試写会であるとか、会って当然の場所である。筆者と吉屋がこんなふうにニアミスをするのは、かなり珍しいことのはずだ。

しかも、鏡の中でだけ。

そのことが気に掛かる。吉屋は、鏡の話をしていた。都市に溢れる鏡。都市を形成する鏡。その中でだけ、彼の姿を見るというのは奇妙ではないか。

更に、彼が自分を吸血鬼だということを考えると、ますます象徴的だ。なにしろ、吸血鬼は鏡に映らないというのがお約束である。

筆者は何を見ているのだろう？

吉屋は何かのサインだろうか？

ホームに滑り込んでくる列車の風を頬に受けつつ、鏡の中の吉屋をもう一度反芻する。

その顔は青白く、無表情で、なんの感情も読み取れないのだった。

drawing

　みんなが写真を撮っている。携帯電話を向けている。とにかく、立ち止まっている人は皆、カメラのレンズを向けている。

　僕は、みんなよりも離れて、後ろにいる。というか、すべてを視界に収めるには、ずうっと離れたところ、道路を越えたところまで来ないと見られない。

　そう、復元工事が終わって覆いの取れた、東京駅丸の内駅舎だ。平べったい、三階建ての、赤レンガ駅舎。周囲を高層ビルが取り巻いているから、そこだけ空が広く、ぽっかりと空いた空間が不思議。都心の一等地に、平屋建てといってもいいようなこの横長の建物がとても贅沢に思えるのは貧乏性ってやつだろうか。

　美しい。とても美しい建物だと思う。シンメトリーのドーム。幾何学的な白い線の入ったレンガの壁。ゆったりとして、おおらかで、気品に溢れている。

だけど、奇妙なことに、なぜかこの建物、まぼろしのようなのだ。ゆらゆらと地面から立ち上る陽炎《かげろう》のよう。見ている僕とのあいだに、厚いガラス板があって、ガラス越しに眺めているみたい。

全体的に、灰色がかって、色が薄く感じるせいだろうか。以前の八角形屋根の時代のほうが、もっと色も輪郭もくっきりとして濃かった気がするんだけど。

そのせいで、なぜか駅舎が遠くに感じられる。遠い駅舎——遠ざかっていく駅舎——揺らぐ駅舎——

ふと、遠い記憶が蘇《よみがえ》る。

あの空襲の時も、こんなふうに見上げていたっけ。雨のように降り注ぐ焼夷弾《しょういだん》、いちめんの火の海から空に手を伸ばすように紅蓮《ぐれん》の炎が伸び、街全体が巨大な陽炎となって揺れ動いていたあの晩——

どちらがまぼろしなのだろう。あの夜か、この昼か。

大友克洋の漫画『AKIRA』のラストシーンを思い出す。

廃墟となったネオ東京の中をバイクで走りぬける不良少年たち。その行く手には、見事復興した、未来の摩天楼の都市がうっすらと見えてくる——

いったい何度こんなことを繰り返してきたんだろう。僕も、東京も。

僕はフラフラと歩き始める。

それでも僕は、全部覚えていたい。この東京のすべてを、覚えていたい。そんな欲望を日々、歩き回りながら感じている。その欲望が、日々僕を彷徨《さまよ》わせている。

摩天楼の谷間を歩いていくと、再びぽっかりと開けた空がある。

ここが東京の中心。緑に覆われた、ミカドのお城。かつてここからぐるりと渦を巻くように都市が作られていったのだ。京都が碁盤の目で、大阪が海から川沿いに内陸を東へ西へと広がっていったのとは違う。

確かにここはいつも静止していて、周りの都市だけがめまぐるしく変わっていく。ここを中心に、ぐるぐるとみんなが回っているのだ。

そう、このランナーたちのように。

ここ数年で一気に増えた市民ランナーたちが、目の前を横切っていく。皇居近くの大学の学生たちも黙々と走っている。ぐるりと皇居を一周。無数の円運動が繰り返される。

子供の頃、母親の周りをぐるぐる駆け回っていたら、ひどく叱られたことがあったっけ。「人の周りを回ってはいけません」と言われた。あれはどうしてなんだろう。目が回るから？　それとも何か迷信の類だったのだろうか。じゃあ「かごめかごめ」は？

あれは子供心にもなんだかうっすらと怖い遊びだった。なんといっても、あの歌が怖い。「夜明けの晩に」がどういう意味か調べた本を読んだような気がする。結局、どういう理由だったか忘れちゃったけどね。だけど、僕が怖いのは「後ろの正面」だった。

後ろの正面だーぁれ。

後ろの正面。なんだか凄く怖い言葉じゃないか？　振り返ったそこに立っている誰か。後ろにじっと立って、前にいる子が振り向くのを待っている誰か。

皇居の「後ろの正面」はどこだろう。

僕はきょろきょろと辺りを見回した。東京駅を囲む、ぴかぴかの鏡のようなビル。やっぱり東京駅が「後ろの正面」っぽい。

ふうん。

なんか、書割っぽいんだよな、このへん。

僕はぴかぴかのビルに反射する光を見上げる。

このあいだ、久しぶりに神谷町《かみやちよう》のバーに行こうと歩いていたら、いきなり景色が変わっていてびっくりした。

仙石山《せんごく》のところに、またひとつ新しいインテリジェントビルができたのである。

ずっと長いこと工事しているのは知っていたけれど、背の高い白い覆いが掛かっていて、別のバイパス道路に誘導されていたので、そこがどれだけの面積があるか分からなかったのだ。

それがある日、すべての覆いが外されてみたら、なんとなく感じていたのよりもずっと広い場所だったのにびっくりした。それこそ、後ろの正面だーぁれ、で目隠しを取って振り向いたら、友達百人いました、みたいな。

まるでマジック。いや、まるで『パノラマ島奇譚』だった。

あの話でよく覚えているのは、ほんの少し歩いただけで、全く異なる風景が広がっているのにびっくりするところ。ほんの狭い空間に、舞台のセットが重なりあうように造られているので、実際よりもとても広く見えるんだよ、と説明する場面。

仙石山も、ここも、はりぼてのセットなんじゃないか、裏に回ったら、ベニヤ板の支えが付いてるんじゃないかって思う。

あら不思議、ある日突然、舞台のセットが入れ替わっている。ある時、根こそぎ風景が変わる。

ひょっとして、人物も模型？　これは巨大なジオラマ？

僕は周囲を行く人たちをそっと盗み見る。歓声を上げ、写真を撮る人々。いかにも観光客という人もいれば、出張に来たんだけど、ついでに、と控えめにスマホを向ける人もいる。みんな、嬉しそう。

『ＡＫＩＲＡ』ではなく、別のアニメ映画を思い出す。

遠い未来、日本は長らく鎖国をしていて、諸外国と没交渉が続いている。ある日、外国の特殊部隊が日本に潜入してみたら、生きている者はほとんどいなくて、かつて住んでいた人間の記憶を移植したアンドロイドたちが暮らしていた、という話。細かいところはよく覚えてないんだけど、「ここにいる者はみんな機械だ。人間がいない」と発見するところが怖くって、印象に残っていた。

それって、ありそうだね。なんだか。

僕はしげしげと周りを見回した。

みんな入れ替わっている。実は、みんな僕みたいなのになってたりして。互いにしらんぷりをしているだけで、皆同胞だったりして。

もしそうだとしたら、僕らはまるで劇団みたいだな。いつも同じ役者が、異なるキャストを演じ続けている。東京はシアターだ。

ここでの芝居はいつも二週間の限定上演。ロングランはない。

役者たちは、ある日突然、プロデューサーに肩を叩かれる。

今日でこのお芝居は打ち切りです。次のお芝居を始めるんで、いったん退場してください。

袖からわらわらと大道具のスタッフが現れて、舞台のセットを運び出す。

あぜんとして見送る役者。

がらんとした舞台に、また急ピッチで次のセットが組み立てられる。

今回の、僕のお芝居はいつまで続くのかな。ロングランになって、新記録を作れるかしらん。

僕はうーんと唸った。

ぎょっとしたように振り向く人々。

またしてもやってしまった。素知らぬ顔でその場所を離れ、皇居に向かう。

黙々と走り続ける市民ランナー。

こうしてみると、皇居は台風の目のようでもある。そこだけはいつも静かで、上空は青空。

ははっ。

僕は息苦しさと、爽快感という、矛盾する感覚を同時に味わっていた。しかも、笑い出したくなり、ついでに、走り出したくなった。

僕も走ってみよう。

コートにジーンズという、およそランナーっぽくない格好だけど。

「後ろの正面」から逃げるために。自分に与えられた役に抵抗するために。

市民ランナーに交じって、僕も走る。無数の円運動に加わる。

みんな生きているのかな？　それともこれはセットなのかな？

僕は、走っているランナーの呼吸を、汗を感じる。胸の鼓動を、忍耐を感じる。

みんなのエナジーを吸い込む。うん、悪くない。

風の匂い。植物の匂い。

誰もが集中しているだけにフレッシュだね。

意外に速く走れるのに、自分でもびっくりだ。全速力で走るなんて、いったいいつ以来だろう。

僕に追い抜かれたランナーが、ぎょっとしたように僕を見つめる。

なるほど、コートにジーンズ、しかも長髪でサングラスという大男が走っていくのは、一種異様な光景らしく、通行人も不思議そうに僕を見ている。

コートが空気抵抗を増大させているので、身体が重くなってきた。

視界の隅の皇居の緑が、流線形を描いて後ろに流れていく。

息切れ。全身に響き渡る、激しい呼吸と心臓の音。

ふと、空を見上げた。

眩しい陽射しの向こうに、揺らめく陽炎。

摩天楼の群れが、ごうごうと立ちのぼる炎の中でゆらゆらと揺れている。

清掃考

Piece 十五、

最近公開されたドキュメンタリー映画を観ていたら、駅のガラス戸をえんえんと掃除している男性が出てくる場面があった。中年男性の作業員が、とにかくステンレスの扉の枠をみっちり拭いている。きっと曇りがあるのが許せないのだろう。それはもう、ゴシゴシと一心不乱に力を込めて拭き続けるのである。その、映画の本筋とは関係ないはずの場面になぜか引き込まれた。

筆者はあまり掃除好きではないが、いっとき仕事に行き詰まると台所のシンクを掃除するのを習慣にしていた時期があった。とにかく手を動かしさえすれば綺麗になる掃除という行為は無心になれて達成感があり、気持ちもスッキリする。

近くの新聞社に用があって東京駅の丸の内駅舎の前を通りかかった。

平日だというのに、多くの観光客がカメラを片手に駅を取り巻いている。

復元工事が終わって覆いの取れた東京駅は、それこそ絵葉書のように綺麗である。周囲にはゴミひとつ落ちておらず、周りに聳え立つオフィスビルも鏡のようにピカピカだ。いったいどれだけの労力が費やされて、街全体がきちんと掃除されているかと考えると気が遠くなる。

オフィスビルの窓に映る空を見ながら考える。

なるべく同じ状態――清潔で綺麗な現状を維持する清掃という行為が、日本人の好きなものであることは間違いない。海外から日本に帰ってきて、帰ってきたなと実感するのは空港でエスカレーターのベルトを雑巾で押さえて拭いている人を見た瞬間であり、出てきたスーツケースを取り易く並べ換えている空港職員を見た時である。

知人で中古の戸建てを買って、マンションから住宅街に引っ越した人がいる。彼女から聞いた話であるが、こういう古い住宅街は夜が白み始めたと思うとどこからともなくザッザザッザッと家の前を掃く音があちこちから響いてくるのだそうだ。近所のお年寄りは一日のスタートが玄関先の掃除から、なのである。

かつて「東京に空が無い」と詠《うた》われたこともあったが、今の東京の空はとても澄んでいる。それはアジアの大都市に比べれば顕著で、中国や韓国の大都市に行くと、晴天の日でもうっすらと靄が掛かっていることが多い。どことなく空気がザラザラしていて、少し輪郭がかすれている。東京の街を眺めている時とは精度が三十万画素くらい違うような気がする。

　そして、掃除好きと関係するのかどうかは分からないけれども、東京というのはあまり匂いのしない街だ。いや、うちの近所のラーメン屋の匂いは強烈だとか、夏の川沿いの臭いはひどいとか個別にはいろいろあるだろうが、他の都市と比較した場合だ。

　他のアジアの大都市は、足を踏み入れた瞬間から生々しい人間の営みの匂いがする。また、日本国内の別の都市――京都や大阪、博多などは、駅で電車からホームに降り立つと、それぞれ独特の匂いがする。熱がある。人間の体温の熱。人間が放つ熱の匂い。

　ところが、東京に到着した時にはそれがない。東京駅も、羽田や成田でも匂いがしない。無臭の大都市である。これらの場所で強《し》いて感じるものといえば、コンクリートや鉄の匂い、組織と管理の匂い。実はこれは筆者にとっては決してネガティブなイメージではなく、きちんとしていて秩序立っていることを意味するので、ほっとする場合も少なくない。この無機質さ、無味乾燥なところがありがたい時もある。

　東京は、常に誰かがどこかを「掃除」している。ただの現状維持のみならず、存在していたものの痕跡を消し、平らに均《なら》そうとする力が働いているのだ。だから、再開発されたところなど、それまでの土地の記憶を根こそぎむしり取るような、暴力的といってもいいほどの殺菌消毒された「クリーン」な気配が漂う。

　これは時間の感覚のせいもあるだろう。ヨーロッパなどでは時間は「降り積もる」感じがするが、日本では時間は後ろへ後ろへとさらさら流れていく。その場にとどまらず、「流れ去る」ものなのだ。だから、次々と目の前のものが姿を消していくことに慣れている。強迫観念のごとくスクラップ・アンド・ビルドが繰り返されるのもそのせいではないだろうか。

「いい天気だねえ」

「ほんとに」

駅に搬入する商品をびっしり積んだ台車を押して行き交う人たち。きびきびした動きで一瞬すれ違い、それぞれの行き先に消えていく。

真新しい意匠も美しいコンコースを抜けて改札の向こうを覗き込む。ふと通路の隅にかがんで床をこすっている作業員の姿が目に入る。灰色のつなぎ。どうやら、固まっているガムをこそげているようだ。

かつてはヘラで床にくっついたガムをこすりとっているのをよく見かけたが、最近ではマナーがよくなったのかあまり見かけなくなった。見ていると、実に手際よくガムをこすりとっていく。

新幹線の車内が猛スピードで掃除されるのはもはや世界的に有名になり、一種のパフォーマンスになっているくらいだ。掃除は日本人にとって精神修行のひとつで、「道」になってしまっている。

黙々と働き、職務を全うする無数の人々を見ていると、感心するのと同時に奇妙な不安に襲われる。

汚れを消して、拭きとって、こそげとる。筆者もやがては「汚いもの」や「役に立たないもの」として、ゴシゴシとあの雑巾やヘラでこそげられてしまうのではないか。

東京は、消しゴムをかけるようにいつも表面がごしごし削られ、常に更新され続けている。今この時、この地に存在したと自分で思っていても、実は足元や肩あたりからもう消されているのではないか。既にもうここにはいないのではないか――

消せるボールペン。シールはがし。つまりは、消してしまいたいのだ。前に貼ってあったラベルの黒ずんだ切れ端や、書き損じた文字はなかったことにしたい。いつもまっさらで、リセットされた――あるいは上書きされた――世界でいたい。

それは、若さがもてはやされ成熟を好まないこの社会の宿命かもしれない。

再び外に出て、ようやく色づき始めた銀杏並木のほうに歩き始める。

しばらく歩いて振り返り、シックな赤レンガの駅舎を見る。

やはり絵葉書だ。立体感がない。

日本画と同じだ、と思う。

日本の絵には影がなく立体感がない。あくまでも二次元。本来の意味の「絵」だ。

東京は、影も排除してきた。あれ以来、節電が奨励されているけれど、それでもこれほど明るい都市はあるまい。暗がりは取り除かれ、あまねく照らし出されるモノや人。それは、日本画と同じだ。日本の絵は瞬間を切り取ったものではなく、移り変わっていく時間そのものを描いている。瞬間ならば、その時刻の光が描かれその光が作る影も写し取らなければならないが、流れ続けている時間全体を描くのであれば、影は意味がない。

日本画は、この景色を写し取っていたのだ。影も暗がりもなく、限りなく二次元のアニメに近付いていくこの世界を。

吉屋が羨ましい、と思った。

もし彼の言うことが本当で、彼が何世代もの記憶をずっと持っているのであれば、これまで更新され上書きされてきたさまざまな東京の表情を思い出すことができるのだ。

そして、この時、筆者は吉屋の言葉を信じていた。

想像の中で、彼は過去の記憶を反芻しながらこの場所を歩いていた。

こうして東京駅を眺めながらも、以前の東京駅、竣工当時の東京駅、いろいろな時代の東京駅を。

ふと気付くと、オフィスビルのガラスの中に彼の顔がある。

このところ、慣れっこになった彼の顔が、ガラスの向こうを覗き込むこちらを見返している。

知らないふりをして、目を逸らす。ガラスの向こうの彼も目を逸らした。

これはきっとゲームなのだ。都市の中で、雑踏の中で繰り返されるゲーム。追う者と追われる者。それは常に入れ替わり、うつろい、群衆の中に溶けていく。

東京中央郵便局の新しいビルは、側面が大きくV字形に凹《へこ》んでいる。そこに周りのビルが映って、巨大な万華鏡を見ているようだ。凹んだ部分にひきつけられていくような奇妙な感覚。

頭の中に、コルトレーンの「マイ・フェイバリット・シングス」が流れてくる。

どんどん音が大きくなる。

充血した目を見開き、ひたと客席を見据えた女の声が聞こえてくる。

あたしたちは、いつか、巨大な墓を建てよう。
あたしたちの子供のために。
あたしたちが殺してきた子供たちのために。
（中略）
あたしたちの子供のために、大きくて立派な墓石を、東京のど真ん中に建てよう。
誰からも見えるくらい大きな石を、誰からも見える場所に。
あたしたちと、すべての女たちのために建てよう。

女の目はぎらぎらと光っている。充血した目。誇らしげでもあり、憤っているようでもあり、微笑《ほほえ》んでいるようでもあるその表情。

その目が、こちらをじっと見つめている。

「マイ・フェイバリット・シングス」がえんえんと流れ続ける。

もしかしてもう墓石は建っているのかもしれない。

ビルの凹んだ側面は、陽射しを受けてきらきらと夢のように輝いている。

Piece十六、都市と女子

「彼女、ニューヨークのバーよりもいいって言ってる」

そうバーテンダーに話しかける声が聞こえた。

深夜のバーである。住宅街にひっそりとある小さな店。近頃話題の、典型的な東京スリバチ地形の底に位置している。

職業柄、会話にはいつも耳をそばだてている。

特に、レストランやバーでの他人の会話は気になる。無意識のうちに、それらを咀嚼《そしやく》し、記憶し、何かの形で使わせてもらうことも度々だ。実は、なかなか現実での会話は「リアルな台詞」にはなりにくい。世の中の人は、想像以上に臆面もなく臭い台詞や整然としていない台詞、つまり「リアルではない台詞」を使っているのである。

しかし、みんなの会話が世間の空気を反映していることは確かだ。数年前、東京駅近くの焼肉屋に入っていたら、隣に二十代くらいのOLのグループが座っていた。そのうちの一人が言うことには、結婚してからも勤め続けているのだが、夫の母親がそれをよく思わない、自分と同じように専業主婦になってほしいと圧力をかけてくる、あたしだって専業主婦になれるものならなりたいけど、夫一人の稼ぎで生活できたあんたの時代とは違うんだよ、あんたの息子の稼ぎだけじゃとても暮らしていけないんだよ、とこぼしていた。なんとなく聞き流していたら、一時間くらいで彼女たちが帰り、また別のOLたちがやってきたのだが、そのうちの一人が全く判で押したように同じ内容の会話を始めたのでびっくりしたことがある。

最近印象に残ったのは、とあるバーのカウンターに座っていたところ、隣に女性上司と若い男性部下、という組み合わせの客がいて、どうやら仕事の帰りに店に入ったらしいのだが、突然、部下のほうが「僕はゲイなんです」と打ち明け話を始めたことである。告白というのは、しているほうは奇妙な高揚感があるものだ。彼も、話しているうちにどんどん興奮してきたのか、これまでの半生を縷々《るる》語りだしたのである。が、女性上司のほうは寝耳に水だったらしい。彼女と、それを聞いている筆者は、ともに、どんどん酔いが醒めていくのが手に取るように分かった。告白を受け止めるほうも、それなりにパワーがいるのだ。

さて、冒頭の「彼女、ニューヨークのバーよりもいいって言ってる」という会話には、少し説明が要るだろう。

時間はじきに午前零時を回ろうかという頃だった。

二人組の女の子が入ってきた。二十代後半か三十代はじめくらい。ともにロングヘアで、綺麗でお洒落な二人組だ。

カウンターに並んで座った二人が会話をするのを聞いて、韓国人だと気付いた。日本語を話せるのは一人だけで、注文も彼女がしている。どうやら、日本語を話せるほうの子は東京で働いていて、もう一人は普段はニューヨークにいて、東京に仕事か何かでやってきて（ファッション関係のようだ）、食事をしてからここに飲みに来たらしい。そこで、冒頭の会話になるのである。

なぜこの一言が気になったのだろう、と筆者はぼんやり考えていた。

ニューヨークのバー、と一言でいっても漠然としているが、きっとああいう可愛い子が行くのはお洒落なバーなんだろうな、とか、東京のバーにも詳しいんだろうな、とか、他愛のない考えが浮かぶ。

そして、唐突に、少し前に読んだ本のことを連想していたことに気がついたのである。

ああ、あれか。

それは、山崎まどかの『女子とニューヨーク』という本だった。ファッション雑誌の編集長の華麗なる系譜や、社交界を席巻した女性をクロニクル的にまとめたもので、彼女たちをモデルにした映画やドラマも紹介している。

中でも興味をそそられたのは、トルーマン・カポーティの『ティファニーで朝食を』と、大人気ドラマであった『セックス・アンド・ザ・シティ』を重ね合わせたところである。

『セックス・アンド・ザ・シティ』は、大都会ニューヨークで働く独身女性四人のプライベート・ライフをあけすけに語ったドラマで、日本でも働く女の子たちの圧倒的な支持を得た。

ニューヨークには、地方から夢を抱いて出てきて「転落する女」というテーマが古くからあるという。ゴシップ・ガールやパーティ・ガールの一部もそこに含まれる。『ティファニーで朝食を』は、オードリー・ヘプバーン主演の映画ではぼかされているが、原作のホリーは高級娼婦であり、男性からの援助で贅沢な生活を送っている。見た目は華やかだが、彼女も「転落する女」の一人であることは間違いない。

そして、『セックス・アンド・ザ・シティ』の語り手である、雑誌や新聞にセックスについてのコラムを書いているキャリーの出自の不可解さについて指摘するのだ。

他の三人の登場人物に比べ、実はキャリーの家族構成はほとんど明かされていない。地方出身であること、実家はあまり裕福ではなかったことくらいしか分からない。

しかも、彼女はずいぶん若い頃からマンハッタンの高級マンションに暮らしているし、ブランドものの靴に目がない。いったい彼女はどのようにして収入を得ているのか？　つまり、かつて彼女は誰かの愛人として、経済的援助を得ていた――あるいは今も得ていることを示唆しているのではないか、というのである。

更にもう一人、キャリーが長く不倫関係を続けているミスター・ビッグと呼ばれる男が出てくるが、こちらもまた、なかなか生業《なりわい》や家庭環境がよく分からない人物なのだ。保守的な旧家の出で、金持ちであるということが匂わされているのみ。

つまり、キャリーもミスター・ビッグも記号である、というのがその本での結論だった。キャリーも一種の「転落する女」であり、ミスター・ビッグは彼女たちが引き寄せられるニューヨークそのもの。このドラマは、古くて新しい、地方出身の女の子と都会との関係を描いているというのだ。そう考えると『セックス・アンド・ザ・シティ』というタイトルはずばりそのことを表している。

なるほど、「転落する女」というのは、世界中の都市に共通するテーマのひとつだろう。今はそうでもないが、筆者が子供の頃には「東京は恐ろしいところだ」「若い娘など、東京では騙《だま》されて食い物にされるだけだ」みたいな常識（？）が根強く語られていた。むろん今でもそういうところがあるが、若い娘のみならず、東京は人材が吸い上げられ搾取されるところである、という点では老若男女を問わなかったのだ。

しかし、そのいっぽうで、都会というのは、若い娘にとっては非常に享楽的で楽しいところでもある。かつてはその楽しい期間は短く、その後は「身を固める」か「転落する」かしかなかった。

ところが、女性の学歴が上がり、経済力をつけていくにつれて、都会との関係は少しずつ変わっていく。

それが決定的になったと思えるのは、やはり雑誌「Ｈａｎａｋｏ」が創刊された八〇年代末だという気がする。これこそが日本の『セックス・アンド・ザ・シティ』――まさに、女子と都市、という、両者が一対一の関係になりえたことを示しているように思えるのだ。

「Ｈａｎａｋｏ」という日本の女性の象徴的な名前も、日本の女の子と東京、という記号そのものをズバリ表している。

もはや都会は彼女たちのものだ。消費も流行も彼女たちが作り出し、彼女たちが引っ張る。

だがしかし、決して「転落少女」が消えたわけではない。「転落」の仕方が多様化したため、見えにくくなっているのだ。『セックス・アンド・ザ・シティ』が、見かけはとても華やかで楽しく、さまざまなトレンドを生み出したドラマにしか見えなかったように。

誰かに紹介されなければ決して辿り着けないような場所にある店に、当たり前に外国人の可愛い女の子がふらっと夜中にやってこられるのも、都市と女子がかつてないほど親密に——共犯者的に——つきあうようになってきたからだという気がする。

　都市と女子。女子と東京。

　これは、学術的にも面白いテーマのような気がする。東京の治安のよさや交通網の充実は女子にとっては大きなポイントだし、大都会であるとともに地域性を保っているところも東京独自の特徴だ。

　女子会、という言葉ができる前から、女の子たちだけで食べたり飲んだりしていたし、女どうしで飲んでいても周囲に勘違いされない大都市は東京くらいだろう。一年前にソウルで地元の女の子が、お酒を飲む女の子は増えたものの、まだ女だけで飲むのは抵抗がある、と話していたのが印象的だった。

　世界的にも、都会はどんどん女性化しているような気がする。いずれ、「東京」も女性名詞として扱われるようになるのではないだろうか。

『エピタフ東京』も、考えてみれば都市と女子の話でもあるのだ。

　ふと、しばらく会っていなかったB子に急に会いたくなった。彼女にこのテーマで話を振ったら、どんなことを言うだろうか。

Piece 十七、闘う街

アルファベットのKに似ている。

郵便受けに入っていたチラシを目にした瞬間、つい手を止めて考え込んでしまった。

警視庁のチラシ。毎年、この時期投げ込まれる、東京マラソン当日の交通規制のお知らせである。

このお知らせを見るたび、思わず見入ってしまうのは、このマラソンコースと交通規制を何かのトリックに使ってフィクションが書けないかと考えるせいである。

東京都庁を出発し、靖国通りを走って市谷、飯田橋を通過し、内堀通りを皇居に沿って走り、日比谷通りを品川まで走って折り返し、銀座四丁目を曲がって両国国技館を見ながら浅草へ。雷門前で折り返し、築地から佃《つくだ》に入り、晴海通りを走って有明《ありあけ》に向かい、東京ビッグサイトでゴール。

このコース、ちょうどアルファベットのKの形をしているのだ。参加するのに凄まじい競争率で、市民ランナーにはプラチナチケットとなっている東京マラソン。東京はスポーツ競技も盛んだ。筆者はスポーツには全く縁がないが、観るのは嫌いではない。

そもそも、筆者が生まれたのはちょうど東京オリンピックの開催されていた一九六四年の十月である。十月十日の体育の日が東京オリンピックの開会式で、晴れの特異日だという説が子供の頃から刷り込まれている。なんでも、記録の残っている過去数十年の天気を調べ、雨の降ったことのない日というので十月十日が選ばれたのだそうだ。だから、現在ハッピーマンデーと称して別の日が体育の日になっているのは、運動会を考慮するのであれば、せっかくの先人の気配りが役に立っていないことになり、非常に理解に苦しむのである。

国立競技場、代々木体育館、武道館、両国国技館。それぞれのスポーツに聖地がある。

筆者は勝負ごとに弱い。

かけひきができないし、思っていることがすぐ顔に出るし、カードゲームなどでも手札がバレバレだ。UFOキャッチャーや金魚すくい、ヨーヨー釣りの類も全くダメ。せいぜい人より強いのはくじ運くらいだ。くじ引きにおみくじ。日本人の生活は、日々小さなギャンブルで成り立っている。

東京は戦いの街だ。むろん、生きていくことは戦いの連続なのだが、大都市で人数が多いということは、強い人が多いということでもある。あらゆるジャンルに競争があり、それぞれのチャンピオンがいる。昔も今も、格闘技は庶民の娯楽である。戦争も元は格闘技の延長だったのだと思うと、この先も決してなくならないなという殺伐とした諦観を覚えてしまう。

相撲というのは実に不思議な競技だ。土俵といい、コスチュームといい、さまざまな儀式といい、どう考えても神事である。両国国技館の枡《ます》席に一度だけ行ったことがあるが、あの空間自体が結界で区切られた聖なる領域であり、独特の求心力がある。子供の頃から「座布団を投げないでください、座布団を投げないでください」というアナウンスが耳に焼き付いており、盛り上がったら座布団を投げるものなのだ、と思い込んだのであれは逆効果だ。

それよりも、印象的だったのは、強いということは、美しいということなのだ、と改めて思い知らされたことだった。当時、貴乃花が横綱だったが、入ってきただけでぱあっと辺りが明るくなるようなオーラがあり、本当にぴっかぴか。強い関取は怪我をしないし、文字通り土がつかないので身体がとても綺麗なのだ。あちこちテーピングをし、打撲の跡があり、顔色もよくない横綱なんていない。

同じことは野球でも感じた。たくさんカネを稼げるということは、たくさん才能が集まってくるということでもある。つまり、運動神経のいい人間が、野球界に入ってくるのは当然なので、プロ野球というのは非常に身体能力の高い、天才の集団だとは聞いていたが、実際に球場に行って、動いている選手たちを見るとそのことを実感する。

運よく東京ドームで日本ハムと楽天の試合、しかもダルビッシュ有と田中将大の投げあいというゲームを見られたことがあった。

どちらも、マウンドで投げる姿が、なんと大きく見えたことか。ダルビッシュはなんとなく予想していたが、実物の美しさにびっくりしたのは田中マー君のほうだった。キラキラ光を放っているのである。真っ白なシミひとつないユニフォームに、立ち姿も投げるフォームも実に美しく、なぜか「童子」という言葉を思い出してしまった。強い者は美しい、と念を押されたような気がした。

プロレスにボクシング。格闘技というのは、人間の原始的な本能を呼び覚ますものらしい。始まった頃のK-1がこの上なく魅力的で面白かったのは、参加選手たちが個性豊かで強さの「美しさ」が際立っていたこともあるのではないか。

そんなことを漠然と考えながら、筆者が歩いているのは東京マラソンのゴールに程近い、汐留《しおどめ》方面のビル街である。

近年見るたび再開発が進むこの辺りは、子供の頃に考えていた「未来」が具体化したような場所だ。ビルどうしが空中の通路でつながれ、頭上をゆりかもめが走り、新しいビルが増殖している。

日比谷神社の鳥居のあいだから見上げる汐留メディアタワー。このへんの道路に奇妙な形でガードレールが並んでいるのを不思議に思っていたが、ここが「マッカーサー道路」と呼ばれる、直線に延びる建設中の広い道路だというのは最近になって知った。名前から分かる通り、第二次大戦後すぐに計画されていたものだというのに驚く。二十一世紀になってよもやマッカーサーの亡霊かよと思うが、東京の都市計画は天災と戦災が機になっているのだと気付く。そういう意味では、まさに亡霊なのだ。

汐留のかつて夢見た未来都市は、なぜか妙に懐かしい。

このところ、東京のどこを歩いても奇妙に懐かしく感じる。何を見ても、何を体験しても、強いデジャ・ビュを覚えるのだ。

恐らくは、高度成長とバブルを経験し、その後始末の時代を過ぎて、都市が次のフェーズに入ろうとしているからではないかと思う。今体験している都市が（都市というのは、体験と言い換え可能な気がする）、過去となっていく瞬間を常に目撃していて、東京がやがて経験する未来から過去を回想しているところに居合わせているような、めまぐるしく時間が逆向きに流れていくような、奇妙な感覚だ。

東京では、いつも過去と未来が激しく戦っている。居残ろう、存在を主張しよう、土地に爪を立てて痕を残そうとふんばる過去に対し、未来は常に先へ先へと進もうとし、過去の痕跡を完膚なきまでに消し去ろうとする。そのスピードは一定ではなく、時にゆるやかであり、時にエネルギッシュである。加速と減速、あるいは停滞の時期もある。今はまた「巻き」に入っている時期なのではないか。

「マッカーサー道路」の工事現場を覆うように、白くて高い壁が続いている。

覆われた都市。常に見えないところで巨大プロジェクトが動いていて、壁の向こうや地下で密かに何かが進行している。そしてある日突然覆いが外され、見たこともない光景が完成された形で現れるのだ。

都市の記憶の底を歩く。いや、泳いでいる。圧倒的な大きさで押し寄せる、未来の東京が見ている過去の夢の中を、必死に掻き分け、泳ぎ続ける。

この瞬間も、どんどん過去になっていく。歩いた距離のぶんだけ、後ろで過去が巨大な印画紙に焼き付けられていくようだ。

筆者は、狭い路地を目指している。

未来都市の汐留からほんの数分。新橋駅を越えれば、たちまち数十年もの時間が巻き戻され、そこはごちゃごちゃとした路地に飲み屋の立ち並ぶ昭和の世界。こちらは肌に馴染んだ懐かしさである。

烏森口《からすもり》から溢れ出すサラリーマンの雑踏を抜けて烏森神社を通り過ぎ、細い路地に足を踏み入れる。

あちこちから人々の声と笑い声、オーダーを取る声が聞こえてくる。換気扇からは焼き鳥や煮物の匂いが流れてくる。勝手口のところには、太った野良猫が鎮座している。

この奥のとある店で、人と会う約束をしているのだ。

筆者は少しだけ緊張している。話を聞かせてもらう予定になっているのだが、メモや録音は取らないことというのが条件だからだ。

正直いって、あまり記憶力には自信がない。記憶に爪をひっかけ、痕跡を残すことができるのかどうか、歩きながらもひどく不安だった。

足を止め、雑居ビルの看板を見上げる。白く電灯の灯る、ずらりと並んだ店の名前からひとつの名前を探す。あった。

大きく息を吸い込み、筆者は蛍光灯の白い明かりの中に入る。エレベーターはなく、階段を上る。カラオケの音楽や歓声が上から下から飛んできて身体を包む。

低く溜息をついたのは、疲れたからではなくやはり緊張のせいだった。

顔を上げて、踊り場の暗がりから上の階を見上げる。階段の踊り場という場所は、なぜかとても淋しく、なぜか不安な気持ちに襲われる。上の階でも下の階でもない、あいまいな境界線だからだろう。

煙草が吸えたらいいのに。ふと、またそんなふうに思ったが、あきらめて階段を上り、その店のある廊下に思い切って足を踏み入れた。

drawing

都会——閉ざされた無限。けっして迷うことのない迷路。すべての区画に、そっくり同じ番地がふられた、君だけの地図。
だから君は、道を見失っても、迷うことは出来ないのだ。

痺れるね、このエピグラフ。

なぜか急に——それこそ二十数年ぶりになるのだけれど、安部公房の『燃えつきた地図』が読みたくなったのだ。

前に読んだのは学生時代。安部公房を初めて読んだのは中学生の頃だ。当時は、SF小説に夢中になっていて、日本文学にもSFがあるっていうんで、その延長で読んだはず。でも、わくわくするアイデアに溢れた英米のSFに比べ、既に世界的に有名だった安部公房の『人間そっくり』とか、いわゆるＳＦに分類されたものは辛気臭く感じて面白くなかった。むしろ、『砂の女』なんかのほうが「ＳＦ」を感じた気がする。ちょっとスタニスワフ・レムっぽいって思った記憶がある。

久しぶりに読んでみた『燃えつきた地図』は、硬い印象のあった前回と違って、ずいぶん読みやすく感じたので驚いた。こんなにするする読める作家だったっけ？　それに、前より、ずうっと面白く読めた。そう――皮膚感覚で、明らかに以前よりもリアリティを感じたのだ。

もちろん、「以前の」僕もこの本を読んでいたはずだ。なんとなく記憶の底に残っている。

でも、現代を四十年ほど生きただけの「今の」僕が、学生時代に読んだこの本をもういちど読み返したくなったのが不思議だった。

この小説、設定は昭和四十二年の東京ということになっている。最初の、興信所に勤める主人公が手にする調査依頼書にキチンとそう書いてあるのだ。一九六七年。すごい昔のようでもあり、最近のようでもあり。バリバリ高度成長期だったことは確かだね。

最近はあまり使わなくなったけれど、いっとき、急に人がいなくなることを「蒸発」と呼んでいた。かなりポピュラーな言い回しだったと思う。急に会社に来なくなった人や、このところ近所で見かけなくなった人のことを、「あの人、蒸発しちゃったらしいよ」と言っていたっけ。

『燃えつきた地図』は、そんなふうに、ある日突然消えた一人の男を捜す物語だ。いつものように朝出勤していき、同僚との待ち合わせの場所に姿を見せずに、そのままいなくなってしまった男。

主人公の名前は出てこない。というよりも、ほとんどの登場人物が名無しだ。唯一フルネームで出てくるのは、失踪した男――主人公が捜索を依頼された男、根室洋くらいだ。

地名も具体的には登場しない。どこにでもあるような新興住宅地の風景や、工事中の更地、路地裏の飲食店、団地の窓のカーテン。そんな匿名の風景ばかり。

その中で、東京郊外のF町というのが、後の研究から、首都高速の工事や住宅造成の様子の描写、それに安部公房自身に土地鑑があったことから、府中をモデルにしていたと特定されているという。

この小説に出てくる東京はどこも工事中で、そこで働く労働者がかりそめの街を作っている。川原には砂埃《すなぼこり》が舞い、労働者目当ての飲食店もマイクロバスでの営業だ。

そういえば、この翌年――小説の中の年である一九六七年の翌一九六八年十二月十日に、今なお未解決である あの三億円事件が府中刑務所裏で起きているというのは、なんとなく暗示的だ。高度成長期というのは常に都心の輪郭が拡張し、周辺部が造りかえられていた時代だから、常に郊外で——ちょうど都市と古い共同体とのあわいにあたる場所で奇妙な事件が起きていたような気がする。

もっと奇妙なのは、この小説が、今まさに現代の出来事であるような気がすることだ。

むろん、出てくる風俗はいかにも昭和な感じなのだけれど、このとりとめのない、唐突で巨大な集団住宅の白昼夢めいた感じ、常に工事中であちこち掘り返している感じ、顔のない住宅地を歩く不安な感じ。これはまさに今も同じ、という気がするのだ。

時代が追いつく、という言葉があるけれど、この言葉は手垢がついていて好きじゃない。そうじゃなくて、ようやく僕たちが都市を語る言葉を獲得し、都市というものを理解し始めたんだと思う。あちこち移動するようになり、日常的に海外に出る機会も増え、他の国の大都市も経験するようになって、やっと外から街を見られるようになったのだ。

つまり、安部公房は、五十年前に既にその言葉を獲得していただけなのだ。それはもちろん先見性があったということなのだが、だからこそ、今僕たちが読んでちょうどよくなったのかもしれない。

そして、何よりこの僕がいちばん共感したのは、追っている者が、自分が何かを追いかけているつもりだったのに、いつしか追われる者になっているというところだ。

小説の中の名無しのオプは、坂の上の真っ白な箱の群れである団地を訪ね、失踪者の妻から情報を得ようとするが、いささかキッチンドリンカー気味の妻の返事は常に要領を得ない。本当に夫の行方を捜したいのか、見つけてどうしたいのかが分からないのだ。しかも、どうやら捜索にいちばん熱心であると思われる妻の弟は謎めいているのと同時に後ろ暗いところがあるらしく、神出鬼没で、とにかく怪しい。

夫が持っていたマッチの喫茶店も、裏で何やら別の商売をしているようなのだが、確証は得られない。彼の同僚や上司も、失踪の理由に心当たりはないと首を振るばかり。やがては、何のため、誰のために失踪者を捜しているのかだんだん分からなくなってくる——

そして、小説のラスト。そこでもういちど、冒頭の場面に戻るのだ。

失踪者の妻に会うために、急なコンクリートの坂道を上っていく誰か。それは、いつのまにか追っていた男から、失踪したあの男になっている。いや、追っていた男が別の事件に巻き込まれて追われているのかもしれない。とにかく、物語の終盤で、誰かに追われている男――追われていることを自覚している男が急な坂を上り、白い巨大な箱の群れのような団地に向かうのだ。

そうなんだ。

読み返していて、僕は何度も一人で頷いていた。この本を読み返したくなった理由に思い当たったのだ。

追っている者は、常に自分が追っていると思っている。神保町で僕のあとを尾けていたKさんみたいに。

だけど、それは違う。追われているほうも、実は追っているのだ。追い込んでいるのだ。僕が鏡の中のKさんを何度も確認しながら、最後はあの店に誘い込んだように。

僕は、自分が追われていると思っていた。ずっとずっと、長い間。僕の底にある記憶の中でも、僕たちは常に異分子であり、迫害される立場だった。

だけど、もしかするとそうじゃないのかもしれない。僕たちが追いかけているのかもしれない。必死に逃げているうちに、いつのまにかぐるりと一周して追い抜こうとしている可能性だってあるに違いないのだ。皇居の円運動に加わって、ランナーたちを追い抜いた時みたいに。

都会──閉ざされた無限。

なるほど、言い得て妙だ。この広い都市の底を歩き回りながら、僕たちはぐるぐると鬼ごっこをしているのだから。

安部公房は、笑っている月に追いかけられる夢をよく見ていたという。彼にとってはとても怖い夢で、一時は眠るのが恐ろしかったとか。

笑っている月、というのはディズニー映画か何かになかっただろうか。下弦の月がチェシャ猫の口になって、にたにた笑っている、というシーンがあったような気がする。その場面を見て以来、下弦の月を見るたびにチェシャ猫が笑っているところを思い浮かべるという人もいる。

今夜は月が見えるだろうか？

晴れているのだけれど、月は見当たらない。どこかに隠れているだけだろうか。それとも、ネオンの明るさに紛れてしまっているのだろうか。

『燃えつきた地図』を読んだ僕は、勝手に啓示めいたものを感じている。

追う者が追われる者になる。追われていた者が、いつのまにか追う者の背後に立っているのだ。それは有り得る。僕たちが都市の意味を知り、『燃えつきた地図』に追いついた「今の」僕であれば。

久しぶりにわくわくしている。こんなにも、誰かに会えることに胸が高鳴るのはいつ以来だろう。

新橋の改札を出て、烏森神社のある狭い路地へと向かう。かすかに空気は甘く、湿っている。

笑う月は見えないけれど、アドレナリンが出ているのが分かる。

換気扇から流れ出てくる煮物の匂い。路地を横切る、太ってお腹が地面にくっつきそうな猫。

ひっそりとした、路地の奥の雑居ビル。この辺りにある店は、一次会で来るような店じゃない。会社の同僚との宴会が終わってから、一人で寛ぐために訪れるような店ばかりだから、この時間帯はまだ静かなのだ。

僕は、ビルの壁に突き出た看板を見上げる。電灯に浮かびあがる、無数の店の名前。うろ覚えだけど、あそこのはずだ。

僕は、思い切ってビルの中に足を踏み入れる。白く塗られた階段。どこかから響いてくるカラオケのメロディ。酔い混じりの笑い声。

僕は、踊り場で一息つく。中途半端なこの場所で、そっと窓の外の路地を見下ろす。僕はまだ、地図の燃えかすを持っているのだろうか？

『エピタフ東京』第二幕第一場より

舞台の上は暗く、横からかすかな光が当たり、人がいるのが分かる程度。人は動かずじっとしている。

ジョン・コルトレーンの「マイ・フェイバリット・シングス」が流れる。イントロから一分十九秒演奏したところで突然切れ、パッと舞台が明るくなる。

G　（明るくなるのと同時に、混乱したきつい調子で）どういうことよ。

第一幕と同じ場所、同じ内装の部屋。

テーブルを囲み、A、B、C、およびやはり車椅子に座りうつらうつらしているEの後ろのF、そしてGが立っている。みんながタッパーに惣菜を詰める作業を中断して、新聞を握り締めているGを見つめている。

B　(困惑した様子で) えーと、どういうことっていうのはどういうこと？

G　(凄い剣幕で) しらばっくれないで。気付いてないっていうの？

A　(ぽかんとして) だから何に？

G　(みんなの表情を見回し、絶句する。そして、絶句したまま、力なく新聞をテーブルの上に放り出す) 死んだわ。

A　誰が。

G　彼女。(ふっと部屋の中を見回し、空白を見る)

C　えっ。まさか。(Gの視線の先を見て、動揺し、みんなを見る)

B　まさか、ドイさんが？

みんながギョッとして第一幕でDが立っていたところを見る。A、慌てて新聞を手に取り、「どこに載ってるの？」と聞き、Gがぼんやり「後ろのほう」と言うのを受け、ガサガサと新聞をめくる。B、C、F、駆け寄り新聞に見入る。

F　どこ？

A　あ、これじゃない？　写真載ってる。
B　分かんないわ、こんなぼやけた写真。確かに似てるけど。
C　「交差点の民家にトラック突っ込み、通りかかった自転車巻き込まれる。帰宅途中の主婦、犠牲に」
B　いつのこと？
C　昨日の夕方。六時過ぎだって。
B　うっそー。ほんとに彼女なの？
A　「土井勝代さん、五十四歳——」
F　（冷静に）ふーん、名字は本名だったんですね。

みんながなんとなくFを見る。F、Eのところに戻る。

F　あたし、知ってましたよ。
B　え？
F　ドイさんが事故に巻き込まれたこと。
A　ええ？　そうなの？　あんた知ってて黙ってたの？
C　どうしてよ。

F　朝のワイドショーで写真が出てて、あれ、ドイさんだなあってチラッと思ったの。すごく短い時間だったんで、確信持てなかったんです。でも、今日、いらしてないからもしかしてって。

B　そうなんだ。

F　だって、普段から言われてたでしょ。あたしたちは、この場所だけでの知り合いで、ここだけのつながり。本名かどうか分からない名字しか知らない。個別に接触することはご法度《はっと》。ここは、あくまでボランティアのお弁当サービスで、作業そのものも強制はしない。

A　そうよ。それがどうしたの。

F　だから、誰かが来なくなっても、新たに誰かが来ても、その理由を聞くことはない。来る者は拒まず、去る者は追わず。

A　そうよ、その通りよ。

F　だったら言う必要はないでしょう。あたし、皆さんも知っててそのことに触れないのかなあと思ったんです。

C　(苦笑して）あたしは知らなかったわよ。でも、今回の話は教えてもらいたかったなあ。ま、今教えてもらったわけだけど。

F　チノさんがそういうのは分からないでもありません。あたしたち――実際に手を汚す者どうしですし――あたしだって、本心ではドイさんが亡くなったことはショックだし、残念です。だけど、解《げ》せません。

B　何が。

F　ゴトウさんの態度が。

今度は皆がGを見る。G、ぼんやりと皆を見返す。

C　(Gに、恐る恐る) どうするの?

G　(ぼんやりと) は?

C　花とか、贈るの? お通夜とか、行かなくていいかしら?

A　(慌てて) あのね、ちょっと、何言ってるのよ、あたしたちが花なんか贈れるわけないでしょう。ぞろぞろ出かけていったらここのことがバレちゃうわよ。

C　あ、そうか。でも、家族はドイさんがこういうサービスに行ってることは知ってるよね、きっと。

A　それはどうかなあ。分かんない。あんたのところは知ってるの?

C　知ってるけど、ここの場所とか、ここの連絡先とかは知らないわ。あたしがどこで何してるかなんて興味持ってないわよ。携帯電話があるんだし。

B　でも、あの人の家族、あの人が通っていたボランティアグループから何も言ってこないこと、不審に思わないかなあ。

A　どうだろう。

G　（ボソリと）何が解せないのよ。

みんなが再びGを見る。が、Gはみんなを見ずにぼんやり足元を見ている。

G　あたしのどこが解せないのよ。

F　（溜息をついて）分かってるくせに、そんなムッとした声出さないでください。ここでのルールをあたしたちに教えたのはあなたじゃありませんか。あたし、きっとあなたも何もなかったようにここに来るんだろうなあって思ってたんです。あなたが率先してここでのルールを守ってくれるだろうって。きっと冷静な態度であたしたちにお手本を見せてくれるに違いないって。でもそうじゃなかった。

G　あたしが？

F　はい。あら、ゴトウさん、今日はお菓子を持ってませんね。今日は、お仕事でいらしたわけじゃないんですね。

G　（はっとしたように手を見る）あたし、ビックリして。

F　ドイさんが亡くなったことに？
G　そうよ。あたしだって動揺くらいするわ。長いつきあいだったし、びっくりして、ここまで駆けてきたのよ。
F　あら、それはお疲れ様です。あの坂を駆け上ってくるのは大変でしたよね。
A　(怪訝そうに) あんた、いったい何が言いたいの。
F　ゴトウさん、この部屋に入るなり、なんて言いましたっけ。
A　え？　ここに着いた時？　何か言ったっけ。(B、Cの顔を見る)
F　(Eに話しかける)「どういうことよ」
C　ああ、そうだわ。そう言ったわ。
F　「どういうことよ」
B　そうそう、だからあたしが「どういうことっていうのはどういうこと？」って聞き返したんだった。
F　そうです。しかも、そのあとにこう言いました。「しらばっくれないで。気付いてないっていうの？」
B　そうね、そう言ったわ。しっかし、覚えてないもんだわね、ほんの少し前の会話なのに。
F　(歩いてきて新聞を取り上げる) 傷《いた》ましい事故。どこから見ても事故。帰宅途中、無謀な運転の車の暴走に巻き込まれた不幸な事故。そのはずですよね、ドイさんの事故は。あたし自身、さっきまでそう思ってました。あなたがここに入ってきて叫ぶまでは。

奇妙な沈黙が降りる。A、B、C、怪訝そうに互いの顔を見、冷静なFと黙り込んでいるGを交互に見る。

F　でも、あなたはそうは思わなかったんですよね。ゴトウさん。

G、ぼんやりとFを見るが、その目には何も浮かんでいない。

A　ちょっと、何言ってるのよ、あんた。今いち話が見えないんだけど。

F　（じれったそうに）まさか、本当に分からないんですか？　なんでゴトウさんが泡食ってここに飛んできたか。どうしてあんなふうに怒鳴り込んできたのか。

B　（ぎょっとしたように）えっ。

A　何よ。（Bを見る）

F　（新聞を振ってみせる）あたしたちがやっていることを考えれば分かるでしょう。

A　嘘、だって、なんであたしたちが。

B　（神経質に笑い出す）そんなはずないでしょう。

F　事故に見せかける。病気に見せかける。傷ましい、不幸な出来事。あたしたちはそう見せかけるプロじゃないですか。この人から依頼されて、お金貰ってこれまでやってきたことだし、ここに来ているってことは、これからもやるつもりだってことです。それを誰よりも知っているのはこの人です。だって、この人からその相手を教えてもらってるんですし、誰がするか指名してるのもこの人ですもの。

A　だからって、どうしてあたしたちがドイさんを。（口ごもり、黙ってしまう）

F　でも、この人はそう思ったんです。

みんなが気味悪そうに、混乱した様子でGを見つめる。
G、相変わらず無反応のまま、足元を見ている。

F　そうですよね、ゴトウさん。あなたは、ドイさんが、あたしたちの誰かに事故に見せかけて殺された。そう思ったから、こうしてここに怒鳴り込んできた。そうでしょう？

C　（とりなすように）そうとは限らないんじゃないの？　ほんとに、ただビックリしたのかもしれないわ。

A　あんたの考えすぎじゃないの。

不意に、Gがパッと顔を上げ、Fを睨みつける。F、一瞬ひるむ。
次に、Gはみんなの顔を順繰りに睨みつける。

G　考えすぎじゃないわ。（Fの手から新聞をむしりとる）
あんたたちの中の誰かが彼女を殺したのよ。あたしはそのことを知っている。

『エピタフ東京』・上演のためのメモ

○舞台はマンションの一室。

古いが、モノは悪くないマンション。昔の建築のためか、天井が高くゆったりしている。リフォームの形跡あり。車椅子を室内で移動させるため、段差のないフルフラットの構造になっている。

オートロックではなく、比較的出入り自由。エレベーターもあるが、皆玄関口近くの階段のほうを使う。

五十〜六十世帯が暮らす、中規模のマンション。あまり住民どうしのつきあいはない。人の出入りが多いため、顔見知りに挨拶する程度。

キッチンとリビングが一体化した、広めの部屋。下手《しもて》が玄関の方向。大きな四角いテーブルが中央に。立ったまま作業するのにちょうどいい、高めのテーブル。椅子は置かない。

最近よく聞く、一人暮らしの高齢者が自宅を開放し、近所の人の集まる場所にしているというのがヒント。シェアハウス、学童保育なども関連？

実費だけ貰い、ある高齢者の部屋を借りてボランティアのお弁当宅配サービスをしている女たちが集まっているという設定。

規模は小さく、担当する顧客も二十人前後。ＮＰＯなどの組織にはなっていない。

正面には流し、冷蔵庫、レンジフードなど普通にキッチンの機能。登場人物は背を向けて作業することになる。

上手のほうの壁に、一〇〇センチ×一〇〇センチくらいのタペストリーが掛かっている（舞台で見た場合、もしかするとこのサイズでは小さいかもしれない。印象として、一〇〇センチ×一〇〇センチくらいという意味。実際はもう少し大きくないと「印象的な」タペストリーにはならないかもしれない）。キルトでも可。布あるいは織物で、女性が手作業で作ったとはっきり分かるもの。しかも、年季の入った、ある程度古いものでなければならない。

密かに、この壁掛けに照明を当て、さりげなく目立たせる。

抽象的な柄にするか、具体的なモノが描かれたものかはまだ決めていない。場合によっては、この壁掛けが戯曲の内容と連動してくる可能性あり。

祇園祭の山鉾の懸装品を参考にする？　懸装品は舶来モノ多数。この壁掛けも舶来品にする？

膨大な時間を掛けて作ったと思わせるもの。女性の手仕事に込められた情念。

旧約聖書やトロイア戦争などの題材。母と子を題材にしたものにするという手もあるが、些《いささ》か直喩的なのでわざとらしいかもしれない。

他に、業務連絡用のホワイトボードなどが壁に掛かっている。

最初から最後まで、話はこの部屋のみで展開。密室劇。

マンションの場所は高台。部屋は三階だが、ベランダからは眼下に広がる住宅街が見渡せる。

遠く列車の音。

私鉄沿線（東横線辺り？）の各駅停車しか停まらない駅から歩いて約十五分だが、最後に長い坂があってその上り詰めたところにあるマンションなので、実感としては二十分くらいかかる。

マンションを訪れる人は、皆その坂について文句を言う。

この話は晩夏という設定なので、やってくる人物は上り坂のせいで暑さに憮然とし、汗だくで部屋に入ってくる。

お弁当を作るあいだは、玄関のドアは開けっぱなし。特に、この季節、ベランダと玄関を開けておいて、風を通すとエアコンを使わずに済んで、結構涼しい。皆、エアコンを使うのは好きではない。

この部屋は、廊下のいちばん奥である。

このセットを造るのは、あまり大きなハコではないほうがよいか？

人のキッチンを覗き見しているような感じを出す。近い舞台。いっそ、舞台もバリアフリーな、観客と同じ高さで演じるというのも面白いかもしれない。

○登場人物は女性七人。

彼女たちは、戯曲ではABCDEFGで表される。

名前はあくまで記号的なものであり、それが本名かどうかはどうでもよい。

便宜上、A（アオキ）B（ババ）C（チノ）D（ドイ）E（エザキ）F（フルヤ）G（ゴトウ）と呼ぶ。日本人によくある名前から取ったもので、あまり深い意味はない。

Fが二十代半ばと目立って若く、Eが部屋を提供している車椅子の七十代後半の女性である以外のABCDGは四十代から六十代はじめの女盛りである。

Gは、グラマラスではっきりした顔立ち。ロングヘアのパーマで、この七人の中では依頼者であり、雇い主的ポジションのため、「やり手」な雰囲気を醸し出す女性であることが望ましい。

Fは若いのに落ち着いてしっかりした、聡明な娘。言葉遣いもきちんとしていて、芯の通った強さを感じさせる、清潔感のある美人。

また、Eは認知症気味で、いつも車椅子に座ってうつらうつらしているという設定。ほとんど眠っていて、台詞はないに等しい。終盤、幾つかポツンと重要な台詞を言うだけであるが、きっと元々いいところのお嬢さんだったのだろうと思わせる、上品さと可愛らしさが欲しい。

ABCは平均的な中年女性という感じ。

Aは明るくリーダー格、Bはややボケ役、Cは凝り性、という振り分けか。

台詞は膨大な量になる予定。あまりそれぞれのキャラクターは強調したくないが、話を進めるためにはある程度の役割分担は必要かもしれない。

Dは無口で無愛想、地味なキャラクターという位置づけ。

配役は、なるべく演技の傾向が一致しないよう、さまざまなタイプの劇団から役者を集めたい。うまさの方向性が異なるほうがよい。それでいて、時に一体感も感じさせたい。きちんと生活感のある人。

○この女性たちは、大金で殺しを請け負う殺し屋集団という設定である。

些か荒唐無稽な設定であるため、逆にある種の寓話的な雰囲気が欲しい。

産む性である女たちが殺すことを選んだ理由には、それ相応の必然性が必要だろう。

グロテスクなユーモア。笑えるところは大いに欲しい。ガールズトーク的なあけすけな愉しさ、女性ばかりという華やかさ、女どうしの共犯意識や対抗意識など、ガールズトークに求められるものも盛り込みたい。

互いの事情は知らず、互いのプライベートも詮索しないという条件。この場所以外では会わない、話もしない。それぞれの名が本名かも知らない。

仕事を持ってくるのはGであり、請け負ったメンバーは数カ月のあいだに事故や病気に見せかけて対象を殺すということになっている。

むろん、それぞれこんな稼業を引き受けるに至った複雑な家庭の事情があるわけだが、それは途中で少しずつ明らかになる。

後半、犯人探しのミステリー的要素もあり、全体の印象としては一種のミステリー劇なのであるが、その後ろに横たわるのは東京という大都会が内包する歪みや、その陰に葬られてきた無数の犠牲者たちである。

都会の片隅のキッチンという日常空間から透けて見えるものを浮き彫りにしたい。

女性の犯罪、都会の犯罪、女性の殺人の歴史について調べること。

○音楽は、ジョン・コルトレーンの「マイ・フェイバリット・シングス」一曲のみ。これを要所要所でオープニングから流す。
場面転換の役割。この曲が流れているあいだは台詞なしで、ブツリと途切れたところからいつも台詞が始まる。

クライマックスの独白シーンのみ、ずっとBGMとして流し続ける。

○いろいろな小道具。
壁のタペストリーも大事であるが、他にもいろいろ。

Gはいつも人数分の菓子を持ってきて、その中に「当たり」をひとつ仕込んでいる。「当たり」を選んだ者が仕事を請け負う。

このような方式になったのは、誰もが殺人の報酬としてのカネを必要としているものの、やはり人を殺《あや》めるのは気が進まないという、アンビバレントな気持ちを抱えているためである。

仕事はしたいが、したくない。そのため、生活のためにはくじに当たりたいのだが、外れるとホッとする自分がいる。

お菓子を食べつつ、殺人者を決めるというグロテスクさ。

プラスチックのスプーンをくわえる。鼻にクリームが付いている。チョコレートのついた指を舐める。トッピングのサクランボやイチゴ。サクランボの柄《え》を口の中で結ぶ、柄が口から飛び出している、など、それらがグロテスクさ、滑稽さを強調。

Gは常に菓子折りと共に現れ、さまざまなお菓子が彼女たちに話題を提供し、喚起させるきっかけになる。

ざくろを持ってくる？　鬼子母神の話を引き出すか？　これも直喩的でわざとらしいか？

ベランダのサッシュが開けっぱなしになっているので、風鈴を下げる？　鳴りっぱなしでうるさいかもしれない。風鈴の有りなしが何かの伏線になる？　誰が外したのか。いつ外したのか？

菜箸、トング、キッチン鋏《ばさみ》など、お惣菜を詰める際に手に持っているキッチン道具が、それぞれの心情を示すアイテムになる。不快感、嫌悪、疑惑など、動きで表す。

タッパー、エプロン、換気扇なども使えるのでは。

車椅子も重要。Eがあるポーズを取ると、

ちょっとギイギイと独特の音が鳴る。

夏でも膝掛けをしている。ポケット付きの膝掛けで、中に重要なアイテムが入っている。

クライマックスでそれが判明。

いつもEに付き添って話をしていたFの企み？

ミステリー劇と見せかけて、最後に大きな視点の転換がある。ミステリーとしての犯人探しの面白さも。伏線が収拾される謎解きの快感も欲しい。

○タイトルの意味。

これがカタカナの「エピタフ」である意味。二重性。アルファベットとの違い。筆者の中での二重性。それをどこに提示するか、示唆するかはまだ未定である。

Interview

はい、新橋の狐、あるいは烏森の白狐、なんて呼ぶ人もいますが。

はい、あたしのことです。

ああ、そう名乗る人が他にもいらっしゃると。

いえ、あたしはインターネットの類は一切やってませんのでね。携帯電話は一応持ってますが、予約もとってません。

ああ、はい、お代もいただいてません。

なぜってこの——これはいわばあたしの趣味ですんで。ですから、お代を取る人はまあその、ニセモノってことになるんですかね。

でも、この名前、自分でつけたわけじゃありません。この辺りでやってるうちに、誰かが呼び始めて。

ええ、烏森神社の創始者は俵藤太《たわらとうた》ですが、平将門が暴れてた時にお稲荷さんに勝利を祈願したら、白羽の矢を貰ったんだそうです。その矢のおかげですみやかに乱を鎮めることができたんで、お礼に一社を勧請しようとしたところ夢に白い狐が出てきて、烏が舞ってるところに神社を造ればいいって言われて、造った神社が烏森神社だって言われてます。だから、狐。

だけど、実際のところは、当時はこの辺り、一面がらんとした砂地と松林だったから、「枯れ洲」とか「空洲」が語源だって説もあります。

すごく古い神社なのは確かですね。十世紀でしょ、確か、できたのは。

振袖火事でも焼けなくて、それ以降、防災祈願の人も増えたらしい。ああ、振袖火事っていうのは、明暦の大火のことで——一六五七年ですか。十万人以上の死者を出したと言われてます。当時の江戸の人口のおよそ三分の一に当たるそうです。

えっ、そんなにお代を取るんですか。あたしの名前で？　そいつは法外な。

といっても、ことさらこっちがホンモノだって名乗るほどのものでもないんで。これはほんとに、あたしの趣味——ボランティア——うーん、どれもしっくり来ないな。手すさび、手慰み——ぴったりする言葉が見つかりませんね。業、というほどの大袈裟なもんでもないし。やめらんない、変わった癖みたいなもんでしょうか。

あたしの友人に、年に数回、無性に靴を磨きたくなるという奴がいまして。普段は自分の靴だけ磨いてるんですが、時々自分の靴だけじゃつまんなくなるらしい。初めて見る他人の靴や、うんと汚れた靴を磨きたくなるというんですな。そいつは、そういう時だけこっそりもぐりで靴磨きをやってたんですが、最近は路上で何かやるというのに、どこもすごくうるさくてね。

　だから、時々親類がやってる料亭に頼むんだそうで——忘年会やら、同窓会やら、二時間の宴会のあいだにお客さんの靴を磨かせてもらうらしい。たまに、知り合いを家に呼ぶなんてこともやってます。あたしも一度だけ行ったことがありますが、道具も完璧に揃ってて、実に慣れたもんでね。嬉々として磨いてくれましたよ。

　あたしもあれに近いかな。しばしば人の顔を——観たくなる。

　はい、大体この辺りに居ますが、はっきり場所や曜日を決めてるわけじゃありません。以前は、本当に辻に立ってました。「手相」と書いた小さな提灯《ちょうちん》だけ下げてね。

　それが、だんだん腰がつらくなってきて、あちこち店に入るようになりました。へへ、皆さん若いと言ってくれますが、ほんとのところ、結構な歳なもんで。

　ここんとこ、この店に来ることが多いですが、それもいつまでだか。風の吹くまま、気の向くまま、です。

　うーん。いつから観るようになったか。よく覚えてないんです。なんとなく、としかいいようがない。なんていうんですかね、あたしみたいにお代を貰わずに趣味で人相や手相を観てるのを他に何人か知ってますが、みんな同じようなことを言いますね。なんとなく、自分が人を観られることに気付いた、あるいはそのことをずっと小さい時から知ってた、みたいな。

こういうのって、時代が変わってもあんまり変わんないんだね。もう二十一世紀なんて未来になったから、そういうのは廃れるのかと思ったら。

こないだうちの孫娘が友達と遊んでるところをなんとなく眺めてたら、同じことやってんですね。友達の顔を見て、「今度の金曜日は気をつけてね」とか言ってるわけです。分かってるんですね、本人が。

うちは親父の代まで銭湯をやってたんです。はい、東京の銭湯は北陸出身者が多いってのは本当でね。うちも、元は石川のほうです。今も親戚が向こうにいます。

子供の頃は番台に座ってたこともあって、その頃から漠然と人の顔とか姿とか観てて感じてたんでしょうね。なんとなく、ああ、あの人は影が薄いなとか、よくないもん背《し》負《よ》ってるな、とかぼんやり感じてた。時々そういうのを口に出すと、ばあさんが嫌がってね。そんなこと口にするもんじゃないってよく叱られました。今にしてみると、ばあさんも同じような体験してたんじゃないかな。

親父の代に、銭湯を畳んで、アパートにしちゃいました。最初のオイルショックの時だったと思います。

大学行かせてもらって、普通に勤め人してました。

懐かしいな。

お風呂も、TVも、みんな、「あたし」だけのものにしちゃったんだねえ。映画館も、喫茶店も、みんな個人のものになっていった。みんなのものがなくなる。どんどん細かくなって、一人一人が壁に覆われていく。なんでも、今の時代、人間は未だかつてないプライバシーを獲得したんだってね。

いろいろ評判になった占い師も見てきましたし、自分でも観てもらったりしたけど、東京で街角に占い師がいるのって、やっぱ昔の辻占《つじうら》の名残なんでしょうね。雑踏の中に出て行って、何が聞こえるか確かめる。聞きに行く。

とにかく、ものすごい勢いで人々の顔が変わっていく。こうしてみると、早送りで人の顔ばかり見ていた気がする。

ふと、考えるとおかしくなるんですよ。うちのばあさんは明治の生まれでしたが、大往生で、百歳まで生きました。するってぇと、ばあさんの親はみんな江戸時代の人なわけです。

江戸時代、明治時代って聞くと、ものすごく昔のような気がしますよね。だけど、そうやって考えると、ごく最近のことで、ほんの二世代、三世代前、ここは江戸だったんだって思うと不思議な気がしませんか。東京にいるってことは、あちこちから持ってきた布っきれを少しずつ重ねて、ぺたぺた貼り付けてるみたいなもんなんだね。確かにのりしろのところは重なってるけど、全然違うものを見てるし、ほんのちっちゃい部分しか知らない。

今の若い子なんか、同じ日本人だとは思えないよ。こんなに短期間に、背が伸びて、腰の位置が高くなって、顔がちっちゃくなって、とてもじゃないけどあたしが子供の頃に見ていた日本人とは別もんだよ。これであと二世代経ったら——それこそ、宇宙人みたいになってるんじゃないかな。

もし月みたいなところで暮らすようになったら、地球よりずっと重力が小さいから、内臓の位置が変わって、使わない足も退化するんじゃないかっていうのをＴＶで見たよ。歩かなくていいから、飛び跳ねるのに便利な形になるらしい。あまりにも進化が早すぎて、ついていけない。

くだん？

こないだの震災の時？

いや、そんな話は全然。見てないし、そんな話聞いたこともないねえ。ふうん、あたしが見たって噂があるんですか。どうだろう。全く身に覚えがありませんね。

偶然だね、このあいだ同じことを聞きにきた人がいたよ。なんだか、ちょっと不思議な人だったな。日本人じゃないみたいな——もっというと、なんか人間ばなれした、つかみどころのない人だった。それこそ年齢不詳でね。くだんを見たんですって、って聞きにきた。手相や人相を観てもらうんじゃなくて、あたしの話を聞きにきたのはおたくさんとあの人だけだなあ。むしろ、興味があったんで、じっくり人相観させてもらいたかったんだけど、相手がこっちに興味持ってると、観づらいんだよね。

いや、ほんと、こんな話でいいのかな。わざわざ探しに来てくれた挙句、あたしの与太話でいいの？

最近興味のあること？

うーん、そういえば、変な夢見てね。

なぜか、うちの銭湯にいる夢。しかも、実際にあたしがいた銭湯じゃなくて、昔の銭湯なんだよ。本でしか見たことのない、昔の銭湯。混浴で、みんな昔の髪形でね。ぞろぞろ、ざくろ口から出入りしてて。

ざくろ口？

ああ、あたしも話でしか聞いたことがないけど、昔は鏡を磨くのにざくろの実を使ってたらしいんだね。で、あったかい空気を逃がさないように、昔の銭湯の入口っていうのは、茶室のにじり口みたいになってたわけ。入口は低いところにあって、狭くて、身体をうんとかがめないと、中に入れなかったんだね。で、かがみ（鏡）こむってのを掛けて、ざくろ口って呼ぶようになったんだって。

で、夢の続き。

みんなと中に入ると、そこはサウナで、いきなり景色が変わる。そこにいるのは白人ばっかりで、どうみてもヨーロッパの公衆浴場なんだ。蒸し風呂だね。

あれ、どうしてだろうって思って、そうか、これは昔観た映画の一場面だってことを思い出したんだよ。

あまりに鮮明に思い出したんで、翌日、すぐレンタルビデオ屋に行って、借りてきたの。

知ってるかな、『ジャッカルの日』っていう映画。ド・ゴールを暗殺しようとする男の話なんだけど、この男のコードネームがジャッカルっていうんだ。

うん、若い頃は洋画が大好きで、かなりよく観てた。たぶん、この映画もサウナが出てきたんで印象に残ってたんだろうね。自分ちの商売だったたってこともあって。

で、暗殺者がフランスにいるってことは当局も分かってて、大捜査網が敷かれる。ジャッカルはイギリス人じゃないかという情報があって、イギリスも捜査に加わってるのね。暗殺者もそのことは分かってる。市内のホテルはどこも監視されている。で、彼はどうするかというと、サウナに行くわけだ。向こうのサウナは、ひと晩の相手を探す場所でもあるわけで。暗殺者はそこで意気投合したように見せかけて、相手の家にもぐりこむ。

この男、すごく冷静で、全く感情を表さない。必要とあれば、男とも女とも寝るし、不要になれば躊躇《ちゅうちょ》せずに殺す。あらゆる手段を使って、ド・ゴールの登場する式典会場に近付いて、目的を遂げようとする。

今観返しても、全然古くなくて、面白かったねえ。

暗殺には失敗するんだけど、結局ジャッカルの正体は分からない。どこの国籍なのか、本名は何というのかすらも分からない。

この映画を手本にしたテロリストが少なからずいたというのも頷けるくらい、細部がリアルでね。

うーん、なんでだろう。

なんで今、そんな夢見たんだろうね。

Piece 十八、

幽　霊　画

「怖くなかったねえ」

会場を出るなり、B子の口から出た感想だった。

「確かに」

筆者も首肯する。

世間的にはお盆であり、立秋も過ぎたはずなのに、陽射しは殺人的だった。団子坂に落ちる二人の影はくっきりと濃い。

日傘を持っていたものの、きちんと使ったのは今年が初めてだった。文字通りの殺気をみなぎらせている太陽光線は、日焼け止め程度では受けとめきれなかったらしく、無数の小さな火ぶくれのようなものが腕にできているのに愕然としたためである。

我々が出てきたのは、谷中の全生庵《ぜんしょうあん》という臨済宗のお寺であった。

十九世紀後半、幕末の明治維新で命を落とした人たちを弔うために山岡鉄舟が建てたものらしい。この山岡鉄舟という人物、何をした人だったのか今いち把握できていないのだが、今は、彼に師事し禅の教えにも精通していた噺家《はなしか》、三遊亭円朝の墓があることのほうが有名なようだ。

円朝といえば怪談。怪談を得意としていたことは筆者でも知っていた。「怪談牡丹燈籠《ぼたんどうろう》」「真景累ヶ淵《かさねがふち》」のオリジナルを作ったのはつとに有名である。そして、円朝が幽霊を描いた絵ばかり集めていたことも知っていたが、ここ全生庵では、毎年八月に「円朝まつり」なるものを開催していて、彼の集めた幽霊画を展示していることは知らなかった。

最近はすっかり夏休みの分散化が進んでいるためか、お盆休みの時期ではあったが、暇人は我々だけでないと見え、ぶらぶらと散策している老若男女が多いのが意外である。巨大なお堂の脇に後から建て増しされたと思《おぼ》しき展示室に、それらの絵画が並べられていた。

三十点余りの幽霊たちをじっくり鑑賞する。

どれもが掛け軸になっているところがこれら幽霊画の性格を作っているといっていいだろう。当然、幽霊の立ち姿（？）が主となっていて、ある程度のパターン化は否めない。

つまり、髪を振り乱した「うらめしや」な女がほとんどである。

円山応挙など古典的な絵画が並ぶいっぽうで、伊藤晴雨《せいう》など現代の少年漫画の表紙になってもいいほどのモダンなものもある。

蚊帳《かや》の向こう側に立っている幽霊、という主題も流行《はや》ったようで、何枚かあった。確かに、蚊帳の中にいると向こう側がぼんやりしてよく見えないから、何かいそうな気がすると子供の頃に思ったことを覚えている。そこに幽霊がいたらそれは嫌だろう。襖《ふすま》の奥で、透き通った幽霊の向こうに行灯《あんどん》が見える、という工夫した構図のものもある。

筆者が気に入ったのは、高橋由一《ゆいち》（おなじみ、油絵で描いた新巻鮭で記憶している人がほとんどだろう）が描いたとされる一枚である。

明らかに西洋画の技法で描かれているが、サイズはやはり掛け軸。

画面の下のほうで、着物を着た女が座り込んでうとうとしている。その頭上に、ぼんやりと男の上半身が浮かんでいる。水彩画のような淡いタッチ。まるで、女の夢の中を描いているようにも見えるし、エクトプラズムが浮き出しているようにも見える。人物の内面のイメージを同じ絵画の中に描いているのが興味深く、そのおぼろげな、輪郭線を弱めたぼんやりとしたスケッチが逆に「幽霊画として」リアルに感じた。

もう一枚、作者は失念したが、嵐の中で揺れている柳の木の絵が気になった。一見ただの水墨画のよう。風雨の中、激しく揺れる柳の大木を描いているのだが、じっと見ているとそれがいろいろな動きや顔に見えてくるという、見る側の想像に委ねるところが現代的だ。これを「幽霊画」としてコレクションした円朝は、いわば「心理的な」、こんにち的な恐怖も理解していたことが窺える一枚である。

「つまり、並べて展示してあるから怖くないんだわな。あんなにいっぱいあると、見比べたり、分析したりしちゃうじゃん？　あの中のどれか一枚が、親戚のうちの床の間にひっそり掛かってたらすごく怖いと思うよ」

Ｂ子は白い日傘をくるくると回しながら呟いた。

ちなみに、今日の我々は浴衣《ゆかた》を着ていた。彼女の紺の浴衣に白の日傘は似合っている。浴衣というもの、確かに肌触りはさっぱりして涼しいのだが、帯を締めているところに汗が溜まるのがつらい。下駄の鼻緒をつかんでいるのも結構パワーが要る。裾さばきも膝下のみに限定されるので、歩く距離が稼げない。つまり、体感時間がゆっくりにならざるを得ないのだ。歩調が安定して下駄の音がきれいに響くようになると、なんとなく得をしたような気分になる。

「そうだねえ。あれ見てて思ったのは、やっぱり恐怖と笑いは紙一重だってことだね。一枚一枚見てるうちに、なんだか笑い出したくなる。怖いものって、ある一点を超えると滑稽になっちゃうんだなあ」

セミの声が坂道全体に反響している。この辺りは坂を挟んでお寺と墓地ばかりである。

見渡す限り寺の屋根が続く。そして、江戸川乱歩の名高き短編「D坂の殺人事件」のD坂とは、ここ団子坂のことである。

格子越しに目撃された事件。

古い日本家屋がひっそり残っているのを見ると、モノクロでその場面が目に浮かんでくるのだ。

と、新橋のビルの入口が重なるようにして蘇ってきた。誰もいない、蛍光灯の明かりに照らし出された、階段の踊り場。

廊下の奥のドア。

B子が続けている。

「あと、あんまり上手でも怖くないね。写実的だったり、絵としてよくできてると、感心するのが先で怖く感じない。スティーヴン・キング以降のホラーが、面白すぎて怖くないのと同じよ。円朝がキング読んでたら、どれか翻案してたんじゃないかなあ。『クリスティーン』とか、『ペット・セマタリー』あたり」

「円朝とキングねえ」

B子の発想は時々よく分からないが、彼女はその思い付きに夢中になった。

「『クリスティーン』は呪われた駕籠《かご》の話でさ。『ペット・セマタリー』はその場所に埋めると生き返っちゃうっていうんで、人情ものと少しお笑いを混ぜた話にすんの」

「なるほどね。でもキングより先に、ポーを翻案してほしいような気が。『黒猫』とか、渦に呑まれる話とか」

「ああ、その手があったか」

セミの声が遠ざかり、静かになった。

「話戻るけど、よく市井《しせい》の人が、目撃証言とか、過去の記憶を再現して絵に描いたりするじゃない？　あれが怖いんだよね。妙にリアルで、同時に妙に素朴で」

「ああ、言ってることはよく分かる。絵描きが構図とか考えて描いたのと違って、剝き出しで生々しいんだよね。ユネスコの記憶遺産になった炭鉱の絵があったよね。ああいう感じでしょう」

「そうそう。年配の人の絵が怖い。こうしてみると、子供の絵はかえってうますぎる気がする。仕事ひとすじで、絵なんか描いたことのない年配の人が、必要に迫られて初めて絵を描いてみた。そういうのが怖いのよ」

どこかで風鈴が鳴った。

だらだらと長く、緩やかにカーブした坂は、なだらかではあるがどこまでも続く。唯一お盆らしかったのは、車の交通量が少ないところだろうか。車の通らない坂をゆるゆると上っていると、タイムスリップしたような心地になる。

東京藝大が近いせいか、ギャラリーが多い。この辺りに来るのは久しぶりだが、新しいものも増えたように思う。

「心霊写真みたいなものかなあ」

なんとなく呟いた。

「何が?」

「幽霊画。あると必ず見ちゃうけど、『なあんだ』っていうのも多いよね。日常のすぐそばにあって、持っていたいような、持っていたくないような」

「なるほど。集めてる人もいるしね」

B子は小さく笑った。

日傘が回る。

「結局、生きてる人のためのものだよねえ。幽霊画も、怪談も」

「うん。どうして自分が生きてるか、生き残ったかを納得するためにある。その逆もあって、どうして亡くなったのか、どうしてその人だったのか納得したくて、理由を考えて考えて、怪談になる」

「人間、理由のない死にはいつの時代も耐えられなかったんだねえ」

「中学生の頃から何回も中井英夫の『虚無への供物』を読んできたはずなんだけどさ」

筆者は急にそのことを思い出した。

「震災の後に読み返してみたら、あまりにも腑に落ちたんでびっくりしたよ」

あれから三度目のお盆だ。

「まだ二千人以上も行方が分からないんだよねえ」

海に呑まれたままの人々。陸地から、日常から、理不尽に、暴力的に、突然むしりとられた人々。

『虚無への供物』は、著者いわく「アンチ・ミステリー」であり、「読者が犯人である推理小説」である。まだ戦争の惨禍の記憶が色濃い昭和の半ば。ビキニ環礁での水爆実験、洞爺丸沈没などの惨事が続き、理不尽な大量死に巻き込まれてきた氷沼《ひぬま》家の一族の悲劇を軸に話は進む。

そして終盤、登場人物のひとりはこう呟く。氷沼家の人々の死が、なんの意味もないものであってはならない。彼らの死を意味あるものにするためには、どうしても彼らは強い意志を持った殺人者に「連続して殺されなければならなかった」のだと。

それまで何度となく読み返してきたのに、その動機が切実なものとして実感できたのは、今回が初めてだったのだ。かくも人間は、他者の死に対して鈍感であることを痛感させられた。

「東北に帰省した友達や、ボランティアに行った人から、ぽつぽつ幽霊話を聞くようになったよ。いなくなったはずの人が街角に立ってるところを見た人がいっぱいいるって。幽霊でもいいから会いたいって、わざわざそういう場所に出かけていく人もいるって」

「そうかあ。そりゃ、会いたいよねえ」

ふと、死者は還流する、という言葉が頭に浮かんだ。

お盆は死者を迎え、死者を送る。我々にとって、死者は神と同義語であり、神は常にどこか遠くからやってくるものである。

そして、生きている者もぐるぐると回っている。

地方出身者の多い東京では、お盆の時期、多くの者が東京から「抜けて」いく。ごっそりと構成員が抜け、がらんとする。そこに残っている我々は何者なのか？　東京を動かし、東京を東京たらしめている人々が抜けたところにいる人々は？

なんとなく、我々もまた死者であるような気がする。人のいない東京は空っぽの劇場みたいなもので、役者も観客もいない劇場はただの抜け殻だ。

生者と死者はいとも簡単に入れ替わる。地方で暮らす人々にとっては、お盆は生きている者も死んでいる者も還ってくる存在だ。都会で生者として暮らしている人々も、帰省すればある意味では死者として迎えられ、先祖たちの死者の帰還を共にまつり、再び都会へ生者として還っていく。

都会で待つ人々は、町の血流や活動が途絶えた町で死者としてお盆を過ごし、また還流してきた人々が死者を復活させてくれるのを待つ。

「う―ん。やっぱり、回ってるなあ」

「何が？」

「生きてる人も、死んでる人も、日本はぐるぐる回ってる。東京もね」

「ニュアンスは分かるような気がするわ」

日傘が回る。下駄の音が並んでついてくる。

団子坂の長い坂を、我々の後ろから無数のさまざまな時代の人々がぞろぞろとついてくるような錯覚を感じた。

日はまだ高い。すべてを灼き尽くすような太陽光線に、昼下がりの町はすっぽりと包まれている。

Piece 十九、 2020

「非国民て言われちゃいますよー」

おっとりとした、何気ない口調だったがギクリとした。

美容院で洗髪してもらっている時のことだった。

その数日前の晩、NHKや民放で生中継をしているのは知っていたが、決定は未明と聞いていたし、仕事に追われていたので、すっかりそんなことは失念していた。

IOCの会長があのそっけない口調で「トキョ」と言う映像を見たのは翌日の夜。

二〇二〇年の夏季オリンピック開催都市が、東京に決まって号外まで出たと聞いて、なぜか真っ先に頭に浮かんだのは「しまった」、あるいは「やられた」という言葉だった。

それがいったい誰なのかは分からない。顔も見えないし、それが単数なのか複数なのかも分からない。けれど、これを口実に、そいつ（あるいはそいつら）は、「再開発で資産の価値を上げる」とか「災害に強い町を作るため」などと銘打って、またしても東京に消しゴムをかけるように昭和の痕跡を消し去るだろう。小さな区画にかろうじて残っていた庶民の生活の記憶を根こそぎむしりとり、ぴかぴかでつるんとした、掃除しやすく見晴らしのいい、のっぺらぼうの巨大な箱庭を作るだろう。

筆者は二〇二〇年の夏季オリンピック開催都市として、ずっとイスタンブールを応援していた。イスタンブール・オリンピック。響きもいいし、ムスリム国家初のオリンピックは、まさに東洋と西洋の交差路にあり、国家でそれを体現しているトルコ共和国で開催される。二十一世紀のこの世界にふさわしいではないか。

長年通っている美容院に行ったらオリンピックの話題になり、そう言ったところ、冒頭の台詞を聞かされたのである。

長いつきあいの、二十代後半くらいの、お洒落で可愛らしい女の子だ。まさかこんな今ふうの子の口から「非国民」などという言葉が出てくるとは。

むろん、冗談めかした口調だし、どれほどの意味をこめて遣ったのかは不明である。むしろその意味合いは、「どうして自分の国を応援しないの?」であり、非難するというよりは、心底理解できない「不思議な人」というニュアンスなのだと気付く。

なるほど、このくらいの年代では、こういう感覚のほうが一般的なのかもしれない。

もうひとつ、連想したのは浦沢直樹の漫画、『20世紀少年』だった。

二十世紀の終わり、血の大みそかと呼ばれる日にウイルス兵器で壊滅的な打撃をこうむった人類。その後、日本は「ともだち」と呼ばれる謎の男が頂点に立つ、新興宗教を中心に据えた奇妙な独裁国家になっている。そこでもう一度、かつての高度成長期の栄光をほうふつとさせるような、万国博覧会が開催されることが決まるのである。「ともだち」は超能力を持つとされ、その存在は絶対で、それを疑う者はあっさりと殺されてしまう。

五十六年ぶりの「東京オリンピック」。この響きには、奇妙に過去と未来が交錯する。半ば神話のように語られてきた高度成長期の記憶が、亡霊のようにそこここにぬっと立っている。

それはデジャ・ビュを見るような感じだ。誰もが知識として知ってはいたが、誰も見たことのない、あるいは、見たと思っているデジャ・ビュ。

美容院というのは限りなくプライベートに近く、無防備な場所である。いつも洗髪台にあおむけになる時、誰かがここで筆者を殺そうと思ったら全く防ぎようがないなあという考えが一瞬頭をかすめる。ある年代より上の男性ならば、志賀直哉の短編「剃刀《かみそり》」が現実のものになったら、と想像したことのない人はまずいないだろう。

筆者は、この時、東京を応援しない「非国民」だとみなされた自分が、彼女にあっさりと躊躇なく喉首を搔っ切られるところを思い浮かべてしまったのだった。

イスタンブールでよかったのにね。ハハハ。

顔にタオルを掛けられたまま、そう呟く筆者。それを無表情に見ている彼女は引き出しからナイフを取り出す。

手にはゴム手袋をはめているし、防水のエプロンもつけている。相手はあおむけで腹を向け、なんの警戒心もないポーズを取っている。こんなおあつらえむきのシチュエーションはそうはあるまい。彼女はためらいのない鮮やかな手つきで、ナイフを使う。

勢いよく噴き上がる血しぶき。

死体は半透明のビニール袋に入れられ、ゴミ回収に出される。

回収に来た清掃局職員が見咎《みとが》める。

「この人、どうしたの？」

「だって、この人、東京のこと応援してなかったんだもの。それどころか、イスタンブールのほうがいいなんて言うの」

「信じられない。そりゃあ、喉首搔っ切られてもしかたないねえ」

交わされる世間話。ビニール袋は車に放り込まれ、車の後ろに飛び乗った職員が合図すると、清掃車は走り去っていく――

しかし、ありがたいことに、現実では喉首を掻っ切られることもなく、そんなことを筆者が想像しているなどとは露知らぬ彼女に、気持ちよく髪を洗ってもらいながらうとうとした。

そのうちに、「非国民」や『20世紀少年』のことを忘れ、最近経験した奇妙なことを思い出したのである。

ここ半年ばかり、筆者は安部公房の作品を読み返していた。

なんとなく、今この時期にもういちど読むべきだ、という気がしたからである。

東京や江戸を描いた文芸作品はいろいろあるが、「都市」そのものについて描いたのは彼が初めてではないかという気がしたのだ。

最近続けて、彼を知る人の回想録が出たせいもあるだろう。そういう気配は、書店の棚や新聞広告を見てどことなく感じ取っていたはずである。

奇妙な体験というのは、そういう本の一冊に関係している。

それは、安部公房と長年暮らしていたという女性が書いた本で、中には互いに撮った写真や一緒に写っている写真が何枚か収められており、表紙もそうした写真の一枚が使われている。

最初に書店で見かけた時、タイトルと表紙がパッと目に飛び込んできて、「ああ、こんな本が出たんだ」と思った。

筆者は週に何度か書店に入るのが習慣になっている。近所に幾つか散歩コースがあって、そのコースの中に必ず書店が入っている。買わなくてもふらふらと中を歩き、棚をなんとなく視界に収める癖がついている。買うかどうか迷っている本のリストが常に頭の中にあって、店頭でためつすがめつしながらぐずぐず悩み続けている。その結果、結局買う、結局買わない、ということを繰り返しているわけだ。

その本は、何度も店頭で見かけていた。

話題になったので、数日も経つと店頭からなくなってしまい「きっと売れているんだな」と思ったことを覚えている。

そのあいだも買うかどうか迷っていて、次に見かけたら買おうと決めた。

数週間が経って、書店でくだんの本を見つけた。

ところが、「あれ？」と首をひねった。

記憶の中にある本と装丁が違うのである。

私が何度か書店で見かけた本は、表紙がモノクロ写真だった。安部公房と、その回想録を書いた女性がツーショットで並んでいる写真である。

手には取らなかったが、何度も見かけていたので、「あのモノクロ写真の表紙の本」とはっきり頭に焼き付いていた。

しかし、今日の前にある本の表紙はカラー写真であり、しかも著者が一人で写っている写真――しかも、バストアップの、かなり大きなポートレート――なのだ。

これはどういうことだろう？

筆者は本を手に取り、しげしげと表紙を見た。

奥付を見ると、確かに何度か重版がかかっているので、「売れているんだな」と思ったのは正しかったわけだ。

初版が一斉になくなると、次に本が搬入されるまでタイムラグがあるから、店頭から消えたと思ったのも当たっていた。

だが、なぜ表紙が異なるのだろう？

筆者は狐につままれたような心地になった。今の表紙は、全く見覚えのない写真である。ひょっとして、カバーが差し替えになったのだろうか？

カバーが差し替えになることはたまにあるそうだ。知り合いの作家も、印刷ミスで発売直前にカバーが替わったことがあったし、ものによっては重版の時に替える場合もあるらしい。

何らかの事情でカバーが差し替えになったことはありうる。

筆者はそう思ってその本を買った。もしかすると、店頭から消えていたのは、売れていたからだけでなく、カバーを替えたせいかもしれない。そう考えたのだ。

ところが、しばらく経って、その本を出している出版社の知り合いと話していてふとこのことを思い出した。

「そういえば、あの本、カバー替えたでしょう」

筆者がそう言うと、相手はきょとんとしている。

「替えてませんよ」

そうあっさり言われて、筆者はあぜんとした。

「いや、替わってますよ。最初はモノクロ写真が表紙だった。どこかの飲食店かなんかで、二人が並んで写ってる写真が表紙だったでしょう」

「いいえ、カバー替えたなんて話は聞いてません」

「うそー、何度も書店で見たもの」

「じゃあ、担当者に確認してみましょう」

知り合いはそう言うと、いきなりその本を作った担当者に電話を掛けて確認したのである。筆者も直接話させてもらったが、「最初からあのカラー写真でしたよ」と即答されてしまった。

「他の本じゃなかったんですか？　他社からも彼に関する本が出てますし」

知り合いはそう言うのだが、筆者の記憶の中の表紙は非常に鮮明なのだ。なにより、タイトルが同じであり、店頭で初めて表紙を見て、タイトルを読んだのだから他の本のはずはない。

「本の中を見て、グラビア写真の印象で覚えていたんじゃないですか？」

そういう意見もあった。

確かに、本の最初のほうに写真が入っており、そこに二人が並んでいるモノクロ写真があるのである。

しかし、それはカウンターの片側から見た構図であり、筆者が見た写真は二人が並んでいるところを正面から撮ったものだった。しかも、筆者は今回買おうとして本を手に取るまで、その本には触れていなかったのである。中の写真は見ていない。

「気のせいですよ」

この話をするたび、そう言われる。

けれど、記憶の中の表紙はタイトル文字と一緒になって残っている。私の記憶の中の写真は、どこにも見当たらないのである。

知っているはずのイメージ。

見たはずの過去。

しかし、実はどこにもない、誰も見たことのないもの。

それは、何も特別なことではなく、日常の中でもごく当たり前に体験しているものなのかもしれない。

Piece 二十、

空飛ぶ梅

長い土塀に沿って続く長い上り坂をゆっくり歩いていたら、不意に遠い昔の、子供の頃の出来事を思い出した。

小学生の頃——夏祭りの夜のことだ。

あれがいったい何のお祭りだったのかは覚えていない。山王さんのお祭りだったような気がするが、定かではない。たくさんの露店が並び、綿飴やヨーヨーを買ってもらえる楽しいお祭りだった。この日ばかりは、子供どうしで夜まで外を歩くことが許されていた。

子供の頃に住んでいた町は、とにかくお寺の多い町だった。住宅街、繁華街を問わず、少し歩けばお寺にぶつかる。

小学校の同級生にもお寺の子供が沢山いた。お寺の境内はみんなの遊び場で、よく屋根の上によじ登って町を眺めていたものだ。

その出来事は、夏の夜のお祭りの帰りに起きた。

お寺のある町らしく、あちこちに長い土塀がある。昔ながらの古いものもあるが、今ふうに造り直して、鉄筋の入った土塀も多かった。

仲良しの友達と、そんな土塀の脇の道をお喋りしながら家に向かってぶらぶら歩いていたところ、ふと、前方を一人の若い女性が歩いているのに気付いた。

ボブカットのほっそりとした女性で、ブラウスにスカートという普通の夏らしい格好をしている。むろん、前を歩いているので後ろ姿だけ。顔は見えない。

彼女はきびきびとした足取りで、私たちのずっと前を歩いていた。

別に奇異には思わなかった。夜とはいえ、まだ七時くらいだったと思う。通勤帰りのOLという印象を受けた。

筆者たちはお喋りに夢中になり、少しして何の気なしに前方を見た。

若い女性は消えていた。

友達と二人、同時に立ち止まったのを覚えている。

「えっ」と一緒に口に出したのも。

そこは一区画を占める大きなお寺で、長い土塀には全く切れ目がなく、脇道もなかった。

広い道路だし、歩道と車道は長いガードレールで隔てられている。もしガードレールを越えて、道路を横切ったりしたら気付いたはずである。

筆者たちは長い土塀の手前のところにいて、若い女性は土塀の真ん中くらいのところを歩いていた。その道の終わりまで行って曲がるまでには、まだかなりの時間が掛かったはずなのだ。

しかし、彼女は姿を消していた。

「消えた、よね？」

「ついさっきまで、前歩いてたよね？」

筆者と友達は顔を見合わせた。

恐怖は、ひと呼吸遅れてやってきた。

不意にパニックに陥った筆者たちは、悲鳴を上げてその場を逃げ出した。その道をまっすぐ行くのはやめて、今来た道を引き返し、別のルートで走って走って逃げ帰ったのである。家に着くまで一度も後ろを振り返らず、立ち止まらなかった。

いったいあれは何だったのだろう。

今思い出しても、幽霊だとは思えなかった。車が向かい側からやってきて、彼女の髪や肩が逆光の中に浮かび上がったところもはっきり覚えているのである。

あまりにも鮮明に当時の記憶が蘇ったので、筆者は動揺した。一瞬、辺りが暗いあの夜に戻ったような気がして、混乱したのだ。むろん、そこは晩秋、いや、もう初冬と言ってもいい真っ昼間の東京都心だった。都心で、こんなに長い立派な土塀があるところは珍しいだろう。子供の頃から、土塀はうっすらと怖かった。なぜだろう。切れ目がなく、逃げ場がないからだろうか。TVの時代劇では、だいたい辻斬りや襲撃者は長い土塀の先から現れた。国分寺のほうに、土塀の上を走ってついてくる子供の幽霊の噂があって、それを聞いて震え上がったのも、「土塀の上を」というのが怖さを倍増させた気がする。

筆者が向かっていたのは青山にある根津美術館で、そこはかとなく怖い土塀も根津美術館のもの。井戸茶碗《いどちゃわん》の展覧会をやっているのを観に行くところだった。

利休を主人公にした映画が公開されるのに合わせて開催されたのだろう。戦国武将や近代の茶人が珍重してきた茶碗が多数見られるとあって、平日の昼間ながら会場は結構混みあっていた。

じっくり見ていくと、それぞれ景色が違って見所があり、とても面白いのだが、そのいっぽうで、「何も知らない人が見たら、ただの小汚い茶碗だよなあ」という醒めた感想もちらつくのが我ながら天邪鬼《あまのじゃく》である。

残念なのは、恐らくこの茶碗の大部分は美術館の収蔵品で、もはやお点前《てまえ》に使われることはあまりないだろう、ということだった。

割れたり欠けたりしたところを金継ぎして面白い模様になっているものや、茶渋が染み込んで風情が出ているのを見ると、使って変化していくのも面白さのうちだろうに、と思ってしまうのだ。

先日、ストラディヴァリウスのドキュメンタリーを観ていた時も、彼が造った名品のうち幾つかは博物館の収蔵品になってしまい、美品で状態もいいのに全く演奏に使われていないというのを聞いて、楽器なのに演奏しないなんてもったいない、とあきれた。楽器というのは、使い込まないと鳴るようにならない。使った人が素晴らしければ素晴らしいほど、楽器もどんどん素晴らしく成長していく。

茶碗も同じではないだろうか。こうして多くの人たちが見られるのは素晴らしいことだが、現代の茶人たちにもっと使ってもらえばよいのに。

筆者は展覧会場を出て庭に向かった。

実は、展覧会以上に、庭のとある場所が気に入っているのである。

都心とは思えぬ、深山幽谷のような広大な日本庭園。

他の客たちは庭の一角にあるカフェに吸い込まれていくのだが、筆者はそこを無視して庭の外れへと向かっていく。

庭師たちが、黄金色に黄葉した銀杏の落ち葉を掃き集めていた。

東京の黄葉はどんどん遅くなる。

学生時代は、十一月初旬の文化祭のシーズンにはしっかり黄葉していた記憶があるのに、今や黄葉は十二月。お正月を迎える頃も銀杏の葉が残っていたりする。

ひっそりとした一角に、目指す場所はあった。

不思議な形をした二重の石の鳥居の向こうに、小さな祠《ほこら》がある。

飛梅祠《ひばいし》。

ご存知、梅と言えば天神さま。菅原道真を祀った祠がここにあるのだ。

筆者はこの場所に惹かれる。ふたつの鳥居と、そこをくぐっていくアプローチ、周りの風景が不思議な雰囲気を醸し出しているからだ。

今や天神さまと言えばすっかり受験の神様になってしまった。中を覗くと祠の前には願掛けらしくボールペンやシャープペンシルが沢山供えられていて、なるほどと思う。

将門の首といい、梅といい、東京にはいろいろなものが飛んでくる。

この祠は、ちょうどさっき子供の頃の出来事を思い出した場所と、土塀越しの裏側にあるのだと気付く。

塀の向こう側とこちら側で、見える景色は全く異なる。

鬱蒼と木が繁り、昼間でもほの暗い庭園は、どこか湿って秘密めいている。

たぶん、流れている時間も異なるのだろう。さっき歩いていた青山の街並みとは、少なく見積もっても百年は違っているような気がする。

今度来た時は、筆者もボールペンか何かをお供えしよう、と思いつく。

もしかすると、今が何かの分かれ目なのかもしれないからだ。

いつの時代も、「振り返ってみればあの時が分岐点だった」と思うところがあるものだ。時間の流れの中にいる時には気付かなくても、あとから誰もが振り返る「あの時」。

土塀の恐ろしさは、それに囲まれた場所への恐ろしさなのだと気付く。

かつて土塀に囲まれていたところは――寺社、武家屋敷、お城、などなど、権力者と呼ばれる人たちが棲むところがほとんどだった。

のっぺりとした窓のない塀に目隠しされたブラックボックス。

昼間も暗く、いつもしんと静まり返って、誰が何をしているのか分からないところ。

そんな秘密めいた場所、白昼の暗がり、人の目に触れない、出てこない、アンタッチャブルな世界。

そういう場所と日常を隔てているからこそ、土塀を見るとなぜか不安になり、根源的な恐怖を覚えるのかもしれない。

鬱蒼と繁った木々のせいかと思ったら、冬の陽射しはあっというまに傾き始めていた。

飛んできた梅の祠に背を向けて、庭よりも暗い現代の青山の街に戻ることにする。

Panorama

凄い眺めだなあ。

新春の東京。甲冑《かっちゅう》に似たデザインの、六本木の大規模商業ビルの上。

展望台は、いつもより長い年末年始の休みから明けたばかりの平日昼間とあって空いていた。学生カップルや外国人観光客がぱらぱらいるだけで、「がら空き」と言ってもいいだろう。おかげでじっくり、この風景を味わうことができる。

今朝はずいぶんと冷え込んだ。放射冷却、というやつか。冬の東京らしく雲ひとつない青空が広がっている。視界は良好。唯一、富士山のところだけ雲がかかっていてその姿は拝めない。

だけど、東京湾がすぐ下に見えるし、東京タワーとスカイツリーが隣り合って近くに見える。おもちゃみたいな新宿副都心も遠くにくっきり固まっている。

まさに神の視点。究極の三人称の眺め。なんというか、凄い臨場感。東京がひとかかえで自分のものになりそうな感じ。

外界と隔てている一枚のガラス。ずいぶん綺麗だけど、いったいどうやって掃除してるんだろう。

このフロアには大きな美術館が入っている。

今日は、日本の現代美術作家の回顧展を観て、そのあとチケットにセットになっている展望台に足を運んでみる気になったのだ。

いつも見ごたえがある面白い展覧会が開かれているので、そちらには満足しているのだけれど、毎回気になる場所がある。

美術品というのは、日光に弱い。だから、えてして展示室というのは暗い。水彩画や水墨画の展示室が最近とみに暗いと感じることはないだろうか。あれは、光による退色などの劣化を防ぐため、ぎりぎりの照明を当てているのだ。

だから、通常、美術館には窓がない。

もちろん、この美術館も同様。

ところが、この美術館、最後の展示室にだけ大きな窓があるのだ。

北向きの、展示時間中には決して太陽の光が射し込むことのない部屋にだけ、都心を見下ろせる大きな窓が。

きっと計算して造られた部屋なのだろう。胎内巡りのように異世界の展示を観てきた観客が、最後に現実の世界に帰ってきたことを確認できる部屋。あるいは、現実の世界へと美術展示をつなげる場所。現実との折り合いをつけ、世界を反転させるところ。

そんなふうに意図して造ったのだろうと思う。

だけど、それが果たして成功しているのかどうかは分からない。

毎回、展示を観てこの部屋に辿り着くたびにハッとしてしまうのだ。

なぜって、どのような素晴らしい展示も、この部屋の大きな窓から見下ろせる東京の街が目に入った瞬間、負けてしまう。

これまでの展示の記憶が瞬時に拭い去られ、東京の景色のほうがずっと素晴らしい展示であると——どんな現代美術も敵わない、何よりも凄い見世物であると確信させられてしまうのである。

これと似たような体験を、以前したことがある——

白金《しろかね》のギャラリーで、若手現代美術作家の三人展があって、散歩の途中に通りかかったから寄ってみた。

昔も今も、お金がなくて時間だけはある芸術家がやることが幾つかある。

自分の肉体のみタダで自由になるから、裸になったり、性器を露出したりする。

あるいは、とんでもなく面倒臭く、時間の掛かるパフォーマンスをする（ひたすら地面を這っていくとか、スローモーションで綾取りするとか）。

その次は、だいたい経済社会に対する——つまり、カネという価値観に支配される世界への抵抗、あるいはそれらに呑み込まれた人々に対して疑問を呈する、という方向に行く。大量消費社会に対するアンチテーゼ、というわけだ。捨てられたゴミをいっぱいくっつけてオブジェにしたり、お札やブランド物をいじってみたりする。

最近はそれに「身の丈」ジャンルというのが加わった（僕の勝手な造語だけど）。自分の足元を見つめ直し、生きる喜びに感謝しよう、という感じ。これで本当に美大を出たのかしらんという、今じゃ誰も描かないようなへたくそな漫画もどきの、ナイーブアートを狙っているのかなんだか分からないドローイング。この絵じゃサブカルにも失礼だよ、と失笑してしまう類のもの。

その三人展は、見事にそんな三者の予想通りの展示だった。どれも百回は観たことがあるような展示だ。目が引き寄せられるものはひとつもなく、えんえん裸で踊り続ける映像を観せられて、早々に退出した。

外に出て、ぐったり路地を歩いていた。

そうしたら、突然、ハッとする風景に出くわしたのだ。

正直に言うと、また新しいギャラリーができたのかと思った。

大きな窓の中に、赤い紐が下がっていて、ライティングの感じも素敵だった。シックな明かりの中にある、三つのオブジェ。

無人で、人は見当たらない。

へえ、面白そう、今の展示の口直しに入ってみようかしらん。

そう思って、近付いていった僕は、再び別の意味でハッとすることになった。

そこはギャラリーではなかった。

デイケアサービスの事務所で、三つのオブジェに見えたのは、リハビリや筋力をつけるための、運動機器が並んでいたところだった。

天井から下がっていた赤い紐はゴム状のもので、つかまったり、吊り上げたりするためのものなのだろう。正確な使い道は分からなかったが、使いかけのまま、片付けられていない三つの器具が絶妙なラインを描いており、色彩といい、照明の当たる感じといい、ゆっくり時間を掛けてセッティングされた、まさに現代アートのように見えたのだった。

大きな窓も額縁の役割を果たしており、僕はその前で立ち尽くし、目の前の偶然の景色に見とれた。

どうか、不謹慎だと怒らないでほしい。恐らく、そんなふうに見えたのは、誰も使っている人がいなかったせいなのだろう。それに、誰か使っている人がいれば、ブラインドか何かが下がっているはずで、僕の目に触れることはなかったに違いないから。

だが、僕にはそう見えた。ギャラリーで見たものよりも、通りかかったデイケアサービスの施設のほうがよっぽど美しく感じ、実際アートに見えた。惹き付けられた。

このビルの美術館の展示を観て、この部屋に辿り着いた時、いつもこの時のことを思い出す。

終末の風景にも、祝福された風景にも見える東京の街。

よくこんなものを造り上げたなあ、よくもまあ、人間どもはこんなに地表にびっしりと繁殖していったものよなあ、と思ってしまう。なんというしぶとさ、なんという粘り強さ、なんという意志。

よくできたジオラマ。現物のほうがよっぽど作り物めいていて、うまく接着剤が塗ってある。

ちゃぶ台ではないけれど、これを見たらそれこそ誰もが引っくり返したいという衝動を感じてしまうのではないだろうか。

そして、この部屋からはひとつのエリアが見下ろせるのだ。

こんもりした林に囲まれた、かつてなら未来的、宇宙的と呼ばれたであろう集合住宅のあるエリアが。

ここはかつて地図に載っていなかった。

アメリカ大使館のスタッフ及びかの国に関係する人々の住むところである。

都心の一等地に、少なからぬ贅沢な敷地を持っているのは明らかで、ここを売り払ったら結構な額になるだろうな。彼らがここを引き払い、立ち去るそんな日が、いつかやってくることがあるのだろうか。

僕はずっと理解しているつもりだった。

僕の愛するこの街、繰り返し生まれ変わっては長い長い歳月を過ごしたこの街のことを。

しかし、やっぱり、どこか馴れ合ってしまった部分があったんだろうなあ。無感動になっていたところもあったと思う。ずっと先がある、いつまでも先があると思うと、あまりモノを考えなくなるのは自然なことだ。この世界での弟なんか見ていると、彼を心底羨ましく思っていることに気付くくらいだ。

弟や僕らは、生きながらも墓標を造り続けているのだ。力を合わせて、必死に働いて。

自分が暮らすことのない家、見るはずのない風景、自分で使うことのない橋、誰かが聴くだろう音楽、そういった生活の容れモノを造り続けている。

この高く聳える摩天楼を墓標と呼ばずして何と呼べるだろうか。

天まで届く墓標、無数の名が刻まれた墓標。僕たちは墓標の中で墓標を造りながら暮らしている。生きている。

日が傾いている。

そう、もう冬至は二週間前に過ぎた。また少しずつ、光の領分がじわじわと世界を押し広げていく。

世界は反転する——光と闇が、片方に傾ききったらまた逆の方向に。

巨大な額縁に収められたアートは、僕たちが目にするためにだけ存在している。ならば、この額縁の向こう側から見た僕たちはいったいなんだろう。オブジェなのか、パフォーマンスなのか。

デイケアサービスの窓越しに見た景色のように、誰かがふっと足を止め、じっくり見てみたいと思ってくれるだけのパフォーマンスはできているんだろうか。

白い床が光を浴びてキラキラとハレーションを起こしている。

一瞬、僕は深い闇の中にいるような気がした。

白く輝く、すべてを光に溶かしてしまう濃く重い白い闇の中に。

Piece二十一、伝説

わずか一〇〇メートル×二〇〇メートルほどの面積の場所だったというから驚く。

ごく最近まであったかのような気がするが、その取り壊しが発表されたのは一九八七年一月十四日のことで、完全に解体・撤去されたのは一九九四年。

もう二十年も昔になる。

今はのっぺりした公園になっていて、名残は跡形もないらしい。

かつて「CITY OF DARKNESS」と呼ばれ、世界的に知られた街。

香港の元啓徳空港の北にあった九龍城である。

初めて「九龍城」の名前を知ったのは、小林信彦の小説だったような気がする。

七〇年代半ば辺りは、アクション映画や冒険小説といえば、必ずその名が出てきた覚えがある。秘密結社や犯罪の巣窟の代名詞、みたいなイメージでその名が語られていた。

かといって、実物を映像や写真で見た記憶はほとんどない。

ただ、蟻塚みたいな灰色の高層マンションの集合体ということは知っていて、遺跡のような、迷宮のような、まるでその一角が有機体のようだと思ったのは覚えている。

いっとき香港映画ではお約束の風景だった、洗濯物のはためくビル街のすぐ上を飛行機が飛んでいく、というシーンとセットになって目に焼きついている。

とにかく、その名前のみが一人歩きして、この世で最も恐ろしい場所、というイメージが子供の頭にも刷り込まれていたのだ。

解体が決定した後から通いつめ、写真集に残した宮本隆司は九龍城についてうまいことを言っている。

——九龍城砦は、中国人の集合的無意識の巨大な結晶体なのだ。

確かに、香港や中国の街を見ていると、彼らは放っておいても自然と天に向かうコミュニティを築くような気がする。

日本人がコミュニティを作る場合、天には向かわないのではないか。地震が多く、これまでに築いたものがさんざん崩れてきた記憶が蓄積されているせいもあるが、最後には平屋建て、長屋、という方向に行くような気がする。

西欧人や中国といった大陸のほうの人間は、モノを文字通り「立ち上げる」。

しかし、日本ではモノを「均す」。なんでも均して、平べったくして、周囲に「馴染ませる」のである。

なぜか突然、九龍城の写真集を引っ張り出してみたくなった。

それは、今年の初め、正月三日に起きた有楽町の火災のことを考えていた時である。繁華街のど真ん中で起きた火災は東海道新幹線を止め、Uターンラッシュの帰省客六十万人に影響が出た。周囲のデパートは予定した初売りを取りやめたり遅らせたりして、巨額の損失を出したのだが、明治時代からある民法「失火法」が生きていて、重大な過失によるものではない火災には賠償責任がないというのが話題になったのだ。

日本は昔からあまりに火事が多かったため、たいがい失火元の人間も焼け出されている上によその分まで責任を取るのは大変だというので、「火事だけは例外」になったらしい。

そういえば、以前、筆者の知り合いが、隣家が全焼した時、類焼は免れたものの、「火を出したほうに賠償責任はないんだってさ」と不満そうに話していたことを思い出した。

自宅は無事だったけれど、類焼を避けるためにものすごい勢いで大量の水を掛けられて、そちらのほうの後始末が大変だったそうだ。

失火の賠償責任はないものの、故意の出火——すなわち放火は、当然ながら、昔から重罪である。

八百屋お七のように、吉三会いたさに火を放つなぞ、言語道断。

なにしろ、元々紙と木でできた町。

「火事と喧嘩は江戸の華」などという言葉は、ほとんどやけっぱちというか、開き直りというか。火消しというのは、消火作業ではなく、専ら延焼を防ぐために建物を打ち壊すのが主な作業だったというのだから恐れ入る。

それで思い出すのは、子供の頃にあった山形県酒田の大火である。

一九七六年十月二十九日。折からの強風に煽られて、映画館のボイラー室から出火した炎はたちまち巨大な火流となって、町をひと晩掛けて焼き尽くした。

筆者は当時の、TVに映し出された、地獄のような炎に包まれた夜の町と、一夜明けたまるで空襲のあとのような凄まじい光景が目に焼きついている。

この時、アーケードのある通りが煙突となって、炎をあっというまに広げたというので、このあと全国の商店街がアーケードを撤去するようになったのだそうだ。

酒田の大火では、町の外れにある法務局に炎が迫った時に、登記簿を運び出す時間がなかったので、職員が重機の手配をし、いざとなったら周囲の建物を打ち壊す準備を進めていたという話が印象に残っていた。幸い、ぎりぎりのところで炎の向きが変わって間一髪助かったという。

大火ともなれば、消防車くらいでは鎮火できない。しかも、地面が温められると強烈な上昇気流が発生するので、現場は嵐のような強風が吹き荒れ、火の粉や飛び火をどんどん周囲に広げていくのだ。

以前、函館の大火についても調べたことがある。大火が起きやすい土地というのは幾つかあって、酒田もそうだったらしいが、強風の通り道になる集落が多いという。

函館はその地形を考えれば、まさに吹きっさらしであり、過去に何度も大火が起きてきた。明治以降、急に人口が増えて密集して家が建ったため、いったん火が出ると消火作業はおろか、避難することも難しかった。大火のたびに区画を整理し、道路を広げ、緩衝地帯を設けた。かように市民の防災意識は高かったものの、明治から大正にかけては、なんと二十カ月に一度は大火に見舞われた計算になるというからすごい。高齢者の中には、生涯で十数回も焼け出された人もいたという。

更新されていく日本の都市。

日本家屋はいったん失われると再現が難しい。歳月を経た木造建築は、二度と同じものにはならない。老舗の文化財級の蕎麦屋の建物が漏電で焼けてしまった時、主人が「維持管理がたいへんだったので、ある意味でホッとした」というのにも納得させられてしまった。ゆえに、日本の都市は記憶を保持していくのがよりたいへんなのだ。

しかし、九龍城は、そうではなかった。

都市の記憶を蓄積し、共同体の記憶を溜め込んだまま長い歳月を生き延びた。

写真集の中の九龍城は、ほとんど古代遺跡のようである。

かつては塩田であり、その後は国防の要衝となり、英国が香港島を支配下に置いた時も清朝の飛び地として、やがては外交の隙間のブラックボックスとして生き延びた。

高層スラムと言われていたが、住民たちの秩序は存在した。ほとんど自給自足で、水は数十本の井戸から水道を引き、郵便も届き、診療所や学校もある、有機的なコミュニティ。

あんなにつぎはぎだらけの、それこそ火事でも起きたらひとたまりもない場所が、かくも長きにわたって継続してきたのは奇跡のように思える。

写真集の中の、薄暗い通路の壁を這う無数の管、無数の看板が懐かしい。

自分が住んだ都市ではないし、行ったことも見たこともない場所なのに「知っている」感じがするのだ。

屋上には、無数のＴＶアンテナが乱立している。

それはみんな同じ方向を向いているので、まるで海辺の松林のようだ。いっぽうからいつも強い風が吹いているので、枝がみんなそちらに歪んでしまった松林。

しかし、この場所はもう既にない。二十年も前に、更地になって、地上から消えてしまった。

街を歩けば、今も凄まじい勢いで再開発が進められている。

あちこちに巨大なビルが建つ。

空き家が増え続け、二十一世紀半ばを待たずに東京の人口集中はピークを迎える。それからはどんどん人が減っていくのに、なぜこんなに巨大なビルを建てるのだろう。

日本は「立ち上げる」都市ではない。これからは、緑を増やし、地面に向かって「均して」いくべきなのに。

いつか日本にも高層スラムが現れるのだろうか。今天を目指して伸びていくタワーマンションの幾つかは、かつてあったあの街のように、伝説化していくのだろうか。

「失火法」について考えていた時に、もうひとつ読み返した本があった。

島田荘司の『火刑都市』という小説で、東京を舞台とした連続放火事件を扱った推理小説だからだが、江戸の水路や濠《ほり》が次々と埋め立てられてきた高度成長期が背景となっている。

この小説の中に、江戸から東京へ移り変わる過程でほんの一瞬だけ、明治になり武士がいなくなり、広大な武家屋敷の緑と、豊富な水路が共存していた、奇跡のように美しい「東京」時代があったという記述がある。

その「東京」時代が、いちばん防火都市として機能的だったのではないかと言われている。

それもまた、伝説に過ぎない——既に消えた街、かつてあった街のひとつに過ぎないのだ。

Piece二十二、消えた人々

大阪と京都は子供の頃から何度も行ったことがあるが、神戸の街を歩くのは初めてである。

港町神戸。エキゾチックでハイカラな観光地のイメージはあったが、なぜかこれまで訪れる機会がなかった。

春の土曜日の午後。風もなく、薄曇りで歩くにはいい気候だった。

新幹線を降りて、新神戸駅から街の中心部まで歩いてみる。街のスケール感を把握するためだ。

山が近い。

駅から市街地に向かって、ずっと坂を下りていくような感じだ。

まず思ったのは、神戸の人は歩くのがゆっくりだということだ。

世界一歩くのが速い都市だというせっかちな大阪のすぐそばなのに、誰もがゆったり歩いているのに面喰らう。いつものように歩こうとしても、周りが進まないので、つい、つんのめりそうになるのだ。

大阪ほどでなくとも、東京も歩くのは相当に速い。

もしかして、土曜日だからだろうか。観光客の割合が多いせいか。平日の通勤時間はもっと速いのかもしれない。

山と海に挟まれて、神戸の街は細長い。地方都市は駅の北側と南側という分かれ方をしているところが多いのだが、神戸の街は東西にどこまでも延びている。歩いていくと、いつのまにかオフィス街と繁華街が渾然《こんぜん》一体となった中心部にいた。

今年は急に気温が上がったせいか、例年に増して花粉症がひどい。いったんくしゃみで目が覚めると、もう寝付くことができず、三、四時間しか眠れないという日が続いていた。この日も、起きてからずっと鼻がぐしゅぐしゅしたままだ。

ホテルにチェックインを済ませてから、生粋の神戸っ子である友人と待ち合わせているポートタワーに向かう。

海は穏やかで、水平線は灰色に溶けている。

神戸港震災メモリアルパークで黙禱。もはやここしか残っていないという、港の破壊の痕は、それでもじゅうぶんに凄まじいものだった。港湾施設が深刻なダメージを受けたために、復旧に時間がかかり、そのあいだにハブ港としての役割をよその国の港に取られてしまい、未だに取り扱う貨物の量は回復していないという。

震災から二十年になるというのに、災害からの復興は難しいとつくづく思う。

今でも、阪神高速が倒れている写真は目に焼き付いている、という話をしたら、友人は声を潜めた。

あれには、都市伝説があるねん。

友人の話によれば、阪神高速の近くには銘酒の造り酒屋が多く、地下の水脈を切らないために、浅くしか工事できなかったとか。だから、橋脚の強度が足りなかったのだというのである。

阪神淡路大震災の時には、いろいろな都市伝説が飛び交った。

今でも覚えているのは、「くだん」を見た、という証言が複数あったことである。

「くだん」は顔が人間で身体が牛、という伝説上の怪物で、不吉な予言をしたあとで死んでしまうという。

その「くだん」を震災当日に見たという話をのちのち何度も聞いた。しかし、その時系列がよく分からない。「くだん」が予言したから震災が起きたと考えるのが普通だと思うのだが、どうも「くだん」が現れたのは震災が起きてからのようなのである。

友人が、南京町《なんきんまち》を歩きながら神戸の盛り場の変遷を語ってくれる。新開地↓元町↓三宮と、ここ四十年で東へ東へと繁華街の中心が移っていったという。かつては東の浅草、西の新開地と言われたほどに賑やかだった新開地は、彼が子供の頃は平日でも通りをぎっしりと人が埋めて、全く進めないくらい混雑していたそうだ。ほんま、人と人とがすれちがえへんくらい、いっぱいだったんや。信じられへんやろ。その、同じ場所のはずのがらんとしたアーケード街を歩いていると、奇妙な心地になる。

たかだか四十年。かつてこの通りを埋めていた人たちは、いったいどこに行ってしまったのだろう。人々は、いったい今どこにいるのか。

筆者がずっと不思議に思っていたことがある。

たかだか四十年前。筆者が小学生の頃には、近い将来、二十一世紀には日本は人口爆発で食糧不足になるとしきりに危機感を煽っていたのである。

かつて、国民を食わせられないからと劣悪な土地に移民（すなわち棄民）を奨励していた国家の方針は、まだ一九七〇年代まで続いていたように思われる。

ところがその後、バブル崩壊ののち、九〇年代に入ってから突如掌を返したように、これからの日本は「少子高齢化」だと脅かすようになった。そのせいぜい二十年前の、かつての人口爆発予想はなんだったのか。当時の政府や学者たちは少子高齢化を全く予測できなかったのだろうか。今もって不思議でたまらない。

どうやら現状を見るに、「少子高齢化」予測のほうが当たっているらしいのだが、それでも、またしばらくしたら「実は違いました」と掌を返すのではないかという不信感はずっとくすぶったままだ。

数日前の新聞に、日本の総人口に占める高齢者（六十五歳以上）の割合が初めて四分の一を超えたという記事が載っていた。三年連続で人口が減り、現在の日本の人口は一億二七二九万八〇〇〇人。

東京都は二年前に一世帯の構成人数が二人を割り込んだ。統計を取り始めた一九五七年には四・〇九人だったというのだから、そちらの数字のほうに驚いてしまう。

高齢単身者と東京といえば、一人重要な人物を忘れていたことに気付く。

作家、永井荷風である。

洋食屋やストリップ小屋に通い、気ままな東京高齢単身者を貫きとおした文豪荷風は、いつの時代も根強い人気があるが、近年また、高齢単身者の増加と共に人気を博してきているような気がする。

実は、筆者自身もすっかり失念していたのだが、筆者の卒論は永井荷風、しかもズバリ「荷風と東京」というテーマであった。

主旨を簡単に説明すると、荷風の最も面白くなおかつ文学者としてのいちばんよい仕事は膨大な日記である、たぶん荷風はもう小説は書けなくなっていたので、文学者であり続けるために日記を書き続けなければならなかったのだ、というものだ。元々、彼は小説家というよりもエッセイストであり、そのことを自覚していたが、彼にとっては、文学者イコール小説家であった。彼は、小説への憧れを日記を書くことでかろうじて満たしていたのだ。そういう意味で、日記のネタとして、話題の尽きることのない都市、東京は最高だ。東京のおかげで、荷風は文学者であり続けることができた。荷風だけではない、これまで何人の人が「東京日記」を書いてきたことか。

荷風のような生き方に憧れるのは分かるが、そういう人に限って「孤独死」を極度に恐れていたりする。人間、死ぬ時は一人と決まっているのだから、「孤独死」というネーミング自体矛盾している気がするのだが。

日本には、探してみれば楽しい高齢単身者のモデルケースがいろいろあるのに、これまでクローズアップされてこなかったのは、国家が家族神話を必要としてきたからだろう――いや、今まさに、またより強固な家族神話が求められ、それを国家が押し出す気配を感じてはいるのだが。

この春始まったNHKの朝の連続ドラマのヒロインは、『赤毛のアン』を訳した翻訳家、村岡花子である。同じジャンルで卓越した業績を残した石井桃子は、永遠に朝ドラには登場すまい。なぜなら、生涯独身だったからである。彼女が朝ドラに登場する日が来たら、もうすこし日本も高齢単身者の住みやすい世界になっているかもしれない。


神戸の夜は、意外に早かった。

友人は、神戸のおこのみ焼きの特徴を熱心に説明してくれるのだが、筆者には全くピンと来ない。そもそも筆者にはいわゆる「粉もの」を食べる習慣がないので、関西のソウルフードは理解不能なのだ。東京のもんじゃ焼きにも興味がない。

終電に間に合うように友人が去ったあと、がらんとした夜の街を歩きながら、みんながどこに行ってしまったのか考える。

かつて神戸で最高の娯楽の殿堂と言われた「聚楽館《しゅうらくかん》」を埋めていた観客たち。新開地の通りを昼間からぎっしり行き交っていた労働者たち。

街は生き物だ。栄枯盛衰があり、歴史がある。

どこかで犬が鳴いた。

振り向くと、街灯がひっそりと路地を照らし出している。その向こうに、過去の無数の人々がゆったりと歩いているような気がした。

Opening

午後四時も回ったところだというのに、いっこうに気温が下がる気配の見えない、九月下旬の午後。

東京西部。とある私鉄沿線の駅を降り、自転車や商店街の幟《のぼり》がごちゃごちゃと立ち並ぶ狭いロータリーを抜け、一人の女が菓子折りを手に、やや気だるい風情で歩いている。

肩には大きなブランドもののバッグを掛け、淡いブルーのサマースーツには、背中に汗のシミができている。

女は四十代後半から五十代はじめというところか。

ロングヘアにゆるくパーマを掛けているが、髪はゆたかで生え際のラインも真っ黒だから、恐らく地毛だろう。ひと昔前なら「バタ臭い」と言われたであろう、はっきりした南方系の顔立ちである。アイライン、マスカラ、チーク。化粧はすべてにおいて派手目だが、それがよく似合っている。おのれの顔を熟知している化粧だ。

　ふくよかな体型は、あと少しで肥満と呼ばれるところに転がり落ちるのを、絶妙なタイミングで踏みとどまっていた。来年の夏に同じスーツが着られるかどうかは、この秋冬の過ごし方にかかっていると思われる。

　しかし、ふくらはぎや足首は意外に細く、五センチのヒールのパンプスの足取りもキビキビとしていて割に軽やかだ。若い頃は運動選手だったのではないかという気もする。

　女にとっては通い慣れた道という様子。速くもなく遅くもないスピードで、人通りの多い商店街を歩いていく。

　肉屋が惣菜を揚げている油の匂い。

　換気扇のそばを通った女は、一瞬その熱に閉口した表情になったが、すぐにまた元の無表情に戻った。

　コーヒーショップのローストの香り、クリーニング店のアイロンの熱。

　商店街はそう長くは続かない。ごみごみした通りを抜けると、すぐに静かな住宅街になる。

　女は古いコンクリートの石畳の坂道を、足元に視線を落としたまま上り始める。

長い坂は、うねうねと続いていて、坂の脇には斜面と一体化したこれまた古い住宅街が続いている。びっしりと斜面を埋める戸建ては、もはやばらすことのできない複雑なパズルとなっていた。

どこかで犬が鳴く。明らかに声帯に手術をしたと思われる、くぐもった声。手術をされた本人も不本意であろうが、その声を聞く者にもどこか欲求不満を感じさせるじれったい声である。

女は顔を上げることなく、着実に坂を上っていく。その様子はストイックですらあった。山越えをする駅伝選手が、ひたすら目の前の一歩に集中しているところを連想させる。

が、とうとう我慢できなくなったのか足を止め、忌々しげに前に続く坂を見上げた。

太陽はまだ中天にあり、いっこうに沈む兆しを見せていない。

女はふうと溜息をつき、汗を拭った。

太陽が眩しいから人を殺した、というのは、昨今の夏の東京では至極真っ当な理由になりうるのではないか。

彼女は強くそう確信した。

昼間じっくりと温められたコンクリートはふんだんに熱を含んでおり、思わず女は手にした菓子折りを持ち上げた。地面からの熱に、中身が温かくなってしまっているのではないかとそっと目の前に上げてみるが、全身がカッカとほてっているので、菓子折りのほうがどうなっているのかは分からなかった。二時間かかるといって、たっぷり保冷剤を入れてもらったというのに。

菓子の重さや豪華さは、彼女の感じている後ろめたさに比例する。

彼女は仕事を斡旋《あっせん》しているのだし、しかもこのご時世にその報酬はかなりの高額である。感謝されるべき立場のはずだが、それでも罪悪感は常に菓子折りの中の保冷剤と共に彼女の片隅で凝《こご》っていた。

それは、彼女が仕事を依頼し、引き受ける相手も同様である。誰もがそれぞれの事情を抱え、仕事が欲しい、お金が欲しいと思っているのはよく知っている。しかし、それと同じくらい、仕事がしたくない、できれば引き受けたくないと思っているのも知っている。仕事を斡旋する自分が感謝され頼りにされているのと同じくらい、憎まれているのも承知しているのである。

むろん、そんなことを口に出したことは一度もない。誰もが最小限の言葉しか語らず、あるいはありふれた日常会話にそれを紛れ込ませる。日常の平凡に塗りこめてしまえば、たいしたことではないとでもいうように。

だが、仕事を受けた人間の目の中に彼女は自分と同じものを見る。溜息にも似た罪悪感が、濁った冷たい絶望が、みんなの中で凝っているのだ。

何度この坂を上ったことだろう。

女は再び歩き始めた。

実は、この仕事を斡旋するためにこの長い坂を上るのはそんなに嫌ではない。自分がしていることを考えたら、このくらいの坂を上るのは当然だ。そんな気がするのである。

ギリシャ神話か何かで、山の上に岩を運びあげては、また転がり落ちた岩を運ぶ、みたいな苦行がなかっただろうか。ちょうどあんな感じだ。

少しずつ視界が開けて、眼下にちまちまとした住宅街が見えてくる。

高架の上を走る、おもちゃのような電車も。

東京はなんて坂が多いんだろう。

女はいつもそんなことを考える。

こんなにでこぼこしたところにびっしり家を建てるなんて、正気の沙汰ではない。重力の法則に忠実に従い、菓子折りはずっしりと重たかった。保冷剤の分の目方も入っているだろう。

ガラスの器に入った、フルーツゼリー。

人数分の菓子の中には、ひとつ爆弾が仕込んである。みんなが当たりたがっている、同時に当たりたくないと思っている爆弾が。

今から数十分後には、みんなでこの菓子を食べる。誰もがキッチンで立ったまま、慣れ切った表情で菓子を食べるだろう。素敵なお菓子、高級なお菓子、見た目も涼しげで可愛らしい、色鮮やかなお菓子を。

そして、お菓子の甘さと共に誰かが素敵な仕事を手に入れるのだ。

女はなぜか笑い出したくなった。いつもそうだ。こうして後生大事にお菓子を運んでいく自分が、とんでもなく滑稽に感じられる瞬間がある。お菓子を地面に放り出して、くるりと踵を返して坂を駆け下りたくなる。

もちろん、一度もそうしたことはないけれど。

女は足元に目を落とし、歩き続ける。坂の傾斜はそれほどではないけれど、長く続く坂はじわじわと効いてくる。毎回「アキレス腱が伸びるわね」と同じことを考える。

斜面に付けられたすべりどめと思しき丸い輪っかを見ると、家庭科の調理実習で作ったクッキーのことを思い出す。

あれは大昔、中学の調理実習ではなかったか。じめっとした黄色いクッキーの生地を、コップを使って丸く抜いていくのだ。生地の調合が悪かったのか、オーブンが悪かったのか、焼きあがったクッキーは半生でべたべたしていて、驚くほどまずかったことを覚えている。

坂の傾斜が緩やかになり、ほんの少し呼吸が楽になる。

ほとんど上り切ったのだ。

少しだけ爽やかな風が吹いてきて、汗をわずかながら冷やしてくれた。汗というものが、体温を下げるためにあるのだということを久しぶりに思い出した。

殺気に満ちた夕暮れ時の熱風に浸った東京の街は、まるで火を入れすぎてくたくたになった煮物のようだった。何度も火を入れると、野菜の色がなくなって、みんながいっしょくたにどんよりした色になってしまう。

空気の色は、何層ものグラデーションになっていた。

上のほうはかろうじて澄んだ青色をしているが、底に向かうにつれて緑や紫や濁った茶色に沈んでいく。

あるいは、東京はお菓子に似ているかもしれない。

女は、自分が買ったフルーツゼリーを思い浮かべる。何層にもなったゼリーとクリームが、涼しげなグラデーションを作っているお菓子。

そうだ、むしろ東京はお菓子ではないか。見た目はキラキラしていて、綺麗な色をしていて、至極口当たりのいい菓子。びっくりするほど高いけれど、こんなにおいしいものがこの世にあったのかと目を見張り、もっと、もっとと貪《むさぼ》り喰わずにはいられなくなるお菓子。

ここはお菓子の街。お菓子の家。けれど、その中には爆弾が仕掛けられている。あるいは、ゆっくりと回る毒が仕込んである。誰もが東京の毒にあたることを望み、同時に望んでいない。

愛《いと》おしき毒。習慣性のある毒。それがこの街だ。

女は遠くにうっすらと浮かぶ高い塔を見る。

それは、ケーキの上に一本だけ載せた、記念日のロウソクのように見えた。

『近日公開』

Piece二十三、

携帯電話がひっきりなしに、威嚇的な警告音を発する。

もはや、いったいなんの警報なのかよく分からない。防衛省なのか警視庁なのか、はたまた東京都なのか、保健所なのか。もしかすると東宝かワーナー ブラザースかもしれない。

最初はいちいちびくびくしていたが、あまりの頻度にいつのまにか神経が麻痺してしまっていて、今や、そこここで小動物が鳴いているくらいにしか感じられない。

たぶん、この手の非常事態の通例で情報が錯綜している上、相変わらず各省庁間の連絡が悪いので、もはや警報を濫発《らんぱつ》するくらいしか手がないのだろう。

隣では、山ガールスタイルのB子が床にぺたりと座ってツイッターを見ている。

「なんか進路が変わったらしいよ——浦賀水道に入るところでいったん止まって、なぜか相模湾方向にチェンジしちゃったって」

「なんで？　久しぶりの日本上陸で迷っちゃったんだろうか」

「さあね」

「そのツイッターって、誰が発信してるんだろ？」

「海上保安庁か海自か、それとも誰かがレーダーをハッキングして見てるのかも」

TVは各局、報道番組一色だ。しかし、現場が大混乱なのは、チャンネルを替えてもあまり大差がないので明らかである。

BBCやCNNも、東京湾を一望する固定カメラの映像を映し出している。

テレビ東京だけが、先日ニューヨークで行われた元祖大食いチャンピオンの特番の再放送をしていた。

「これも想定外なのかねえ――さんざんドラマでシミュレーションしてきたんじゃなかったのかな」

筆者は、ナップザックに水とウォーカーのショートブレッドを詰め込みながら呟いた。

梅昆布茶も入れとこう。

「さすがに巨大生物襲来は考えてなかったんじゃないの。でも、これまでの伝統からいって、陸自は品川駅から上陸すると思ってたらしいね」

「だからさ、過去のデータは当てになんないって学習したはずじゃなかったのかなあ」

　B子はスマホを置いて、自分のリュックを引き寄せた。

「最近は、非常食でも結構おいしいんだよ。キャンプにちょうどいいんで、いろいろ試してみたけど、フリーズドライ食品とか、超優秀。食べてみる?」

「缶詰がおいしくなったのは知ってたけどね。缶詰も持っていくべき?　ちょっと重いけど――つうか、もし上陸したら、いったいどこに逃げればいいんだろ」

　筆者は、キッチンの食料棚の中を見て考えた。

　B子は、今度はタブレット型パソコンを取り出した。

「首都圏から出れば大丈夫じゃないかなあ。これまでも絵にならないところは壊してないし。最後の映画以降にできたランドマーク的なものってことでいうと、やっぱいちばん危ないのはスカイツリーでしょう。逆に、スカイツリーさえ壊せば満足するんじゃない?」

「でも、火ぃ吐いたりするんだよね?　当然、あちこち燃えるよねえ」

「既に首都高、大渋滞らしいよ。なぜか北に向かう人が多いらしい」

「クソ暑いから、少しでも涼しいほうに行きたいんじゃないの」

「――えー、海上保安庁からのお知らせです」

　NHKのアナウンサーが、横から差し出された紙を手に取り、読み始めた。

「お知らせいたします。現在、東京湾は封鎖されております。決して海上には出ないようお願いいたします。繰り返します。現在東京湾及び、周辺海域は封鎖されております。海に近寄らないよう、重ねてお願い申し上げます」

「どういうこと？」

筆者が呟くと、Ｂ子は再びツイッターに見入る。

「特撮オタクと怪獣オタクが大挙して東京湾に集結してるらしいよ。船をチャーターして、撮影会だって——うわ、参加料十万円だって——どんどん値段上がってる」

「そのせいか」

げに恐ろしきはオタク魂である。

チャイムが鳴って、「臨時ニュース」の字幕が流れる。

米大統領、第七艦隊の派遣を決定。

「えー、日本政府の発表より先に言われちゃったよ」

「まずいでしょう、それは」

ＣＮＮにチャンネルを替えてみると、大統領がちょうど喋っているところだった。

我々は同盟国への攻撃を阻止する——グアム沖にて演習中の空母、ジョージ・ワシントンは既に相模湾に向かっている。

「これが集団的自衛権てやつ？」

「勉強になるねえ」

オペレーションネームが発表される。

タスケアイ作戦。

筆者とB子は、同時にうーんと唸った。

「どうよ、このネーミングは」

「キズナ作戦でなくてよかった」

「たぶん、その名前も候補に入ってたと思うな。オモイヤリ作戦とか、ナカマ作戦あたりも」

「タスケアイ——この母音の連続は、アメリカ人には発音しづらいだろうなあ。トモダチ作戦のほうが発音しやすかっただろうね」

「今頃、アメリカ海軍のあいだでみんなが発音に苦労してるところを想像すると、気の毒だなあ」

「どうする？　移動する？　電話すれば、友達が迎えに来て車に乗せてくれることにはなってるけど」

B子はそう言いながらも、面倒臭そうだった。

筆者も正直なところ、一応避難の準備はしていたものの、出かけていくのは億劫《おっくう》だった。そもそもどこに逃げればいいのかも分からないのだ。

「渋滞に巻き込まれるのもなあ」

「そうなんだよね。要するに、渋滞って、薪《たきぎ》の山じゃん？　そこに火ぃ吐かれたら一発だよね」

「この場合、ＰＫ戦みたいなもんだよね」

「どこが？」

「ゴールキーパーが飛ばないほうに蹴る。上陸地点と進路を確かめてからでも遅くないんじゃない？」

「んだね」

「缶詰でも食べる？」

「うん、おなかに何か入れといたほうがいいかも」

二人でごそごそと缶詰を取り出す。

「この缶詰おいしいよ、豚肉のはちみつマスタード煮」

「ビール飲んでもいい？」

「走れなくなるよ」

「走る可能性あるかなあ――あんな百メートルもある怪獣と競争しても勝てっこないし」

結局、宴会になってしまった。

ＴＶは繰り返しアメリカ大統領の会見を流し、東京湾のぼやけた映像を映し、首相官邸で動き回る人々を映し出している。

ＮＨＫの解説委員が話し合っているが、さすがにこういう事態について今後の展開は予想できないらしく、話すのに苦慮している。

「なんでニッポン襲うのかなー。水爆実験で生まれたんなら、水爆実験やってる国に行くのがスジってもんでしょうが」

Ｂ子がブツブツ文句を言った。

「それについては、歴代の監督が頭を悩ませてきたらしいよ」

筆者はうろ覚えの知識を頭の中で検索する。

「一説によると、あの怪獣は、太平洋戦争の犠牲者の怨念の塊なんだって。集団的無意識ってやつ？」

「ふうん。だからニッポンに帰ってくるのか」

「やっぱ、日本の神様は『やってくる』ものなんだねー。遠くからやってくる。山から来る、海から来る。でもって、山や海に帰っていく」

「怪獣は神様なの？」

「ほとんど同義語じゃないかな」

突然、ＴＶの画面が消えた。

二人は絶句した。部屋は真っ暗だ。

蒸し暑いので、窓を開けていた。どこかで誰かが悲鳴を上げている。

「停電だ」

ベランダに出る。

外はどこも真っ暗だ。住宅街なのに、明かりが見えない。付近一帯が停電している。

B子はスマホを握り締めていた。

その画面だけが四角く明るい。

画面をなぞる指がかすかに震えていた。

「——上陸してる」

「え？」

「一頭だけじゃなかった。ずっと早くに、浦賀水道も通過して」

「相模湾に行ったのとは別に？」

「そう。長年の潜伏のあいだに、ステルス機能も獲得してるんじゃないかって」

その時、震動を感じた。

二人で、闇の中、顔を見合わせる。

もう一度、鈍い地響き。

更に、定期的な震動。

それは、さんざん映画やTVで耳にしてきた、あの音——あの足音だった。

「まさか、本当に？」

二人で呆然とベランダに立ち尽くす。

我々はこんな日が来ることを、ずっと予想していたのだろうか。

我々はずっと、この日が来ることを知っていたのだろうか。

街はしんと静まり返っていた。誰もが耳を澄まし、同じ音を聞いているのだろう。

はるか彼方《かなた》に、うっすらと巨大な影がある。

「まさか、本当に」

もう一度そう呟いて、二人でじっと闇の奥に目を凝らす。

LIFE
GOES
ON

たったの十五分だった。

筆者と吉屋が、マッカーサー道路――（いや、新虎《しんとら》通りというらしい。新橋から虎ノ門まで、という至ってシンプルな名前だ）――を歩くのに要した時間である。

新橋の駅前で待ち合わせ、烏森神社でお互いの商売繁盛を祈願し、勢いこんで歩き出してみたら、たったの十五分。この十五分の距離のために、戦後六十八年が費やされたということになるらしい。

「一時間くらいかかるのかと思ってた」

虎ノ門ヒルズを呆然と見上げつつ、筆者は拍子抜けした声を出した。

「僕もです」

吉屋は相槌《あいづち》を打ったものの、例によってあまり深く考えているようには見えない。

二人でぼんやりとその場に立ち尽くす。

この日、世間はお盆休みの時期に当たっていた。とても蒸し暑いが、空は白く曇っていて陽射しはない。ついでに言うなら、全く風もなかった。

「影がない」

筆者がそう呟くと、吉屋は肩をすくめた。

「僕はちゃんと鏡に映りますよ」

「知ってる」

そう、今や吉屋はどこにでもいる。ショーウインドーの中に、電車の車窓に、街角のカーブミラーの中に、筆者は吉屋を見つけることができた。

「十五分かけて六十八年を歩いたんですね、僕たち」

吉屋は愉快そうにくっくっと笑った。

「煙草は吸わないんだっけ？」

筆者が尋ねると、吉屋は頷いて「なぜ？」と尋ねた。

「こうしてここに突っ立ってるのに間が持てないから。どちらかが一服すれば、間が持てるのに」

大の大人が昼間からオフィス街の角に突っ立っているのは、ただただ怪しい。スーツ姿でもないので、営業マンには見えないだろうし。

ここにB子がいれば、この瞬間、あのお釈迦様のような半眼で煙草に火を点けていたに違いない。

「――昔からずっと疑問に思ってたことがあるんですけどね。Kさんは戯曲を書いてるんだから、もしかして答えられるかもしれない」

「なんでしょう」

「絵本や童話のしめくくりで、『いつまでも幸せに暮らしました』っていう文章がありますよね。あれがどうにも気持ち悪くて」

「なんで？」

「だって、矛盾してるでしょう。『いつまでも』は『永遠に』ということなのに、『暮らしました』は過去形。永遠が終わってる。矛盾してるじゃないですか」

「だけど、『いつまでも幸せに暮らしています』はもっとヘンじゃない？『いつまでも』が『永遠に』なら、『暮らしています』は現在進行形。未来はまだ分からないから『永遠に』は留保されてることになる。これもまた矛盾」

吉屋は唸った。

「うーん。確かにそうですね。『いつまでも幸せに暮らすでしょう』なら？」

「それがいちばん矛盾の少ない表現に思えるけど、なんだか天気予報みたい。ちょっと他人事みたいで頼りないなあ。物語の語り手として、責任を放棄してる気がする」

二人はいつのまにかのろのろと歩き出していた。じっとしているのも落ち着かないものである。なんとなく、二人が知り合ったビアバーの方角に向かっているのが分かった。あの店なら年中無休だし、この時間でももう開店している。

「ねえ」

筆者はふと思いついて足を止めた。

「なんですか?」

吉屋はこちらを振り向く。

「吉屋さんのことじゃないですか。『いつまでも幸せに暮らしました』」

「僕?」

「ええ。正確に言うと、吉屋さんみたいな人たちのことだけど」

吸血鬼。それはもう、すっかり二人のあいだでは共通の認識になっていた。もはや、ジョークなのか妄想なのかはどうでもいい。

窓やガラスの中に吉屋が遍在することのように、既に「自明のこと」なのだ。

吉屋はかすかに首をかしげた。

「僕たちが?」

「だって、永遠なのに、過去の人格はそれぞれ完結してるわけでしょう? なら、あなたたちならば『いつまでも幸せに暮らしました』という表現は矛盾ではない。いつまでも続くけど、もう人生をまっとうしている。ぴったり」

「なるほど、あれは僕らのことを言っていたのか」

吉屋は素直に受け入れた。

「永遠で——完結している。うん、なんだか嬉しいね。今度仲間にも伝えます」

「どうぞ」

ビル街の底を並んで歩く。

お盆のせいか、人も車も少ないような気がする。

「『エピタフ東京』の結末はどうなるんですか？」

吉屋が控えめに尋ねる。

自分の戯曲のタイトルを人から聞くと、分かっていてもぎょっとしてしまう。

背中がむずがゆくなった。冷や汗を感じる。

「まだできてない。東京の墓碑銘を考えないとね。それがタイトルだし、テーマだから。何かない？　この街にふさわしい墓碑銘」

吉屋はちらっと宙を見上げた。

まるでそこに、巨大な墓標があるかのように、じっと一点を見つめている。

「それこそ、それでいいんじゃないでしょうか」

「それって？」

「『いつまでも幸せに暮らしました』ですよ」

吉屋の声の響きに、筆者はなんとなくハッとさせられた。

空に巨大な文字が見えたような気がしたのだ。

街は永遠だが（たぶん）、そこを構成する個々の人々はそれぞれの人生をまっとうし、完結している。

「だけど、『幸せに』かどうかは分からないんじゃない？」

筆者が異議を唱えると、吉屋はゆるゆると首を振った。

「概《おお》ね幸せなんじゃないですか。そもそも、人生に優劣なんかないんだから、まっとうできたってことは幸せですよ」

「だけど、それって東京に限らないじゃない。他の都市だって当てはまる。東京っぽいの、ないかな」

「『いつまでもミカドと一緒に幸せに暮らしました』」

「苔のむすまで、だね。確かに東京っぽいけど」

「『いつまでも定刻発車で幸せに暮らしました』」

「パンクチュアル。そりゃ東京だ」

だんだん軽口になってくる。

「――このあいだ、もう自分の墓を造った気の早い友達がいましてね」

吉屋が思い出したように話し始めた。

「へえ。確かに早い」

「なんでも、競馬で一発当てたらしくて、どうせあぶく銭だから墓でも買おうかってことになったらしいです」

「あぶく銭で墓。なんだか矛盾してる気もするなあ」

「僕、知らなかったんですけど、早々とお墓を準備する人って結構いて、生きているあいだは、お墓の名前を赤で書くんですってね」

それは筆者もどこかで聞いたことがあった。

「まだ血が通ってるって意味かしら？」

吉屋は小さく笑った。

「そうかもしれません」

ならば、墓碑銘に刻まれた名前――「東京」の文字は永遠に赤だ。血が通ったままの名前が、「いつまでも」刻まれている。

人々はその鮮やかな赤を目に焼き付けるだろう。「いつまでも」その字を仰ぎ見て、やがてそっと俯《うつむ》き、その前を通り過ぎていくことだろう。無数のそれぞれの人生を「過去形」にするために。

店のある角が近付いていた。

「――十五分」

筆者は時計を見てあきれた。

「ここまでも十五分だよ。さっきの、六十八年を十五分で歩いたのと同じ時間」

「なら、今の十五分で僕たちは『永遠』を歩いたんですよ」

吉屋はにっこり微笑むと、店の扉を押し開けた。

次の「永遠」を手に入れるため――我々と、その人々に。

プロローグ・短い東京日記

三月某日　外を歩いていて大きな揺れが来る。普段はそんなに人が歩いていない交差点にものすごく沢山の人がいて、皆じっとしているのが異様。津波警報サイレン。「高台に避難してください」という、のっぺりした女性の声が怖い。こんな都心のビル街で津波警報を聞いているという状況が信じられない。東京タワーのアンテナが曲がったとみんなが携帯電話のカメラで写真を撮っている。近くのガラス張りの薬局の中のTVに外で人だかり。観ている人たちの「宮城」「津波」という声に頭が真っ白になる。仙台の母に携帯電話でメールを送ろうとするが、動転して何度も打ち損なう。家に戻ったら、玄関に飾っていた、陶器のモン族の少女の人形がこなごなに割れていた他はほとんど被害なし。「身代わり」という言葉が浮かぶ。一時間ほどして母から「無事です」という短いメールが来るが、以後完全に通信は途絶。真っ先に安否確認のメールをくれたのはCNNの速報を見たというニューヨークの友人だった。帰宅困難者続出。会社に泊まるという友人、歩いて帰るという友人と電話で話す。概ね皆冷静で、話していて落ち着いてくる。余震があまりにも多くて腰を下ろせない。ずっと立ったままTVを観ている。

三月某日

全く仙台と連絡が取れない。携帯電話って、電話じゃなかったのか。気仙沼が燃えている。市原のコンビナートも燃えている。E官房長官（同い年だったのにびっくり）の声と話し方は安心感がある。この声でなかったら更にパニックになっていただろう。プレスの質問がひどい。かなり前から官邸におけるプレスの質問力の低下が気になっていたが、ボソボソした声で聞き取れないし、「ここで聞くようなことか」と思う瑣末《さまつ》なことや、既に官房長官が説明したことをヒステリックに聞き返すだけ。TVは皆、冷静に事実を伝えようと努力していると思うけれど、ニュースキャスターが、やたらと「壊滅」という言葉を遣う。真っ先に被災地を偵察飛行した自衛官の報告で最初に遣われたように思う。たぶん、この言葉、元々は軍事・戦略用語なのだろう。仙台と電話が繋がらず、「壊滅」「壊滅」と繰り返し聞いているると絶望的な気分になってくる。そう言うしかない光景ではあるけれど、きっと生存者だっているだろうに。

三月某日　会見に四人以上出てきたら、もうその会見は駄目である。まず実のある会見にはならない。頭数が多ければ責任が分散されるとでも思っているのか、全員の目が泳いでいるのをカメラが映し出すだけ。原子力安全・保安院と東京電力の「他人事」っぷりが凄い。しかも、日本語で喋ってくれない。専門用語だ分からないのはもちろん、主語と述語すら不明である。早くから停電が予想されていたようなのに、医療関係者への告知や対応を全く考えていなかったらしい厚生労働省の会見にも「他人事」感が漂っている。相変わらず、この人たちに国民の命を守るつもりはないようだ。建屋に事象に水素爆発に被曝と被爆の違いに計画停電。新しい単語を学習する毎日である。

三月某日　周囲の気を惹きたいという幼児的な己の欲望のため、響きだけはやたら恐ろしげな妄言を繰り返す哀れな男と、そんな人物を首長に頂く屈辱を耐え忍ぶ住民に、どうか天のお恵みがありますように。

三月某日　やっと仙台の両親と電話で話せた時も虚脱感ばかりだったのに、英インディペンデント紙の一面を見て泣けてくる。ちゃんとした明朝体なのに感心。セビージャの試合で掲げられた横断幕の、日本語で書かれた応援メッセージも、完璧なゴシック体でこちらも感心。海外で見る日本語の字体はえてして変なのが多いのに、今回の日本語はきちんとしていたのがなぜか嬉しい。

三月某日

米軍の「Ｔｏｍｏｄａｃｈｉ作戦」というネーミングに脱力。誰か『20世紀少年』を読んでいたんだろうか。史上最大の作戦。日本での予備自衛官の招集というのを初めて見た。

陸自の幕僚長の名前がＦＩＲＥ　ＢＯＸとはぴったりと言おうかなんと言おうか。統合幕僚長といい、自衛隊のトップクラスの人は皆淡々として言葉を飾らない。多数の殉職者を出している警察や消防など、現場の人はみんなそうだ。原発事故収拾のために働く人たちを「ヒーロー」になどしないでほしい。

三月某日

被災地の卒業式の答辞や、春の選抜高校野球の選手宣誓など、子供たちのスピーチがどれも真摯《しんし》で立派である。大人たちは、これまでカラッポの言葉しか遣ってきていないことを自覚しているから、誰もが何か言おうとしても言葉にならない。

三月某日　東京では桜が開花した。花粉も飛んでいて、つらい。ＮＨＫのニュースに「放射能情報」が新たに加わったのを見て愕然とする。花粉情報のように、これからは風向きや風の強さと共に各地の数値が日常のニュースに加わるのだろうか。仙台のライフラインが復旧するまで、原発事故が収束するまで、とビール断ちをして三週間になる。まだ当分ビールは飲めそうにない。

悪い春

「確かにさ、振り返った時に、あれがそうだった、あそこが潮目だったたってはっきり分かる年ってあるよね」

砂肝のアヒージョのオリーブオイルが熱かったらしく、B子はそう言いながら顔をしかめた。「あちち」と唇をすぼめる。

「それが一九九五年だったたってこと？」

「うん。あれは、いろいろな意味で象徴的な年だった」

「だったら二〇一一年は？　あ、同じのをください」

筆者は二杯目のビールをカウンター内の女主人に頼んだ。

「うーん。もちろん、二〇一一年もそうなんだけど」

B子は唸り声を上げた。

「でも、一九九五年とは性質が違うと思うな」

「性質ねえ」

筆者は首をひねりつつ、オリーブを口に放り込む。

「私だったら、二〇〇八年ですけどねー」

女主人はタップを開けながら呟いた。

「どうして二〇〇八年？」

吉屋が尋ねる。

隣で静かにビールを飲んでいた彼は、ひょいと筆者の前のピクルスをつまんだ。

女主人は肩をすくめた。

「リーマンショックですよ。うちの店には、外国からのお客さんが多かったもんで、もろに影響受けました。あの日を境に、常連さんがホントに根こそぎ、いなくなっちゃって」

リーマンショック。反射的に、サブプライムローンという単語が頭に浮かぶ。倫理も道徳の欠片《かけら》もない、めちゃくちゃな話だったという印象も。

確か、あれは九月のことではなかったか。

「このへん、外資系企業ばっかりだもんね」

「吉屋さんは、あの頃まだうちの店にいらしてませんでしたっけ？」

「うん、僕は二〇一〇年代に入ってからだね」

「あのう、吉屋さんて、なんのお仕事なさってるんですか？」

初対面のB子が、ズバリ尋ねたので、女主人と筆者は思わず顔を見合わせた。

実は、二人してずっと吉屋の職業を知りたいと思っていたのだが、これまで聞き出せずにいたのである。なるほど、初対面の人間のほうが聞きやすいかもしれない。それとも、単にB子の性格のせいかもしれないが。

夜も更けていて、店は酔客が思い思いにくつろいでいた。

今夜は、筆者が書いた戯曲『エピタフ東京』の再演に二人を招待したので、二人を互いに紹介し、そのまま一緒に、吉屋と知り合った馴染みのこの店にやってきたのである。

「え？　僕ですか？」

吉屋はきょとんとした顔でB子を見た。

「はい。お噂はかねがね聞いていたんですが、何のお仕事かは知らないって言ってたんで」

B子は大きく頷きつつ、まだ唇を気にしていた。どうやら、オリーブオイルで火傷《やけど》したようである。

「大丈夫？」

筆者が聞くと、B子は顔をしかめた。

「こういう、小さな火傷って結構痛いんだよねー。あとで水ぶくれになってみっともない」

B子は顔を上げた。

「で、どんなお仕事を？」

正面から聞かれて、吉屋は躊躇した。というか、初めてそんなことを聞かれた、というような奇妙な表情で、どことなくもじもじしている。

「ええと、吸血鬼」

「は？」

みんなが同時に聞き返す。

「だから、吸血鬼ですよ」

吉屋は恥じらいつつ答える。

筆者は突っ込みを入れた。

「そりゃ、その話は何度も聞いてますよ。あなたの前の世代のこととか、人間の情報やエネルギーを取り込んでるとかっていう話は。だけど、現世では何か仕事しないと暮らしていけないでしょうが」

吉屋は煮え切らない表情だ。

「うーん。じゃあ、アナリスト」

「なに、その『じゃあ』っていうのは」

「情報アナリスト。市場分析とか、してます」

吉屋は渋々といった口調でそう答えた。

筆者とB子は今ひとつ納得できなかったが、吉屋が消極的なのでそれ以上は聞かなかった。

B子が話題を戻す。

「一九九五年って、ボランティア元年とも言われてるんだよね。阪神淡路大震災があって、日本人がボランティア活動に抵抗がなくなったっていう」

「じゃあ、それを言うなら」

筆者はビールを口に運ぶ。

「二〇一五年もボランティア元年じゃない。二十年遅れて」

「まあね」

B子が頷く。

ボランティア。その意味する活動は素晴らしいと思うが、なぜかどうしても好きになれない言葉だ。

「――それにしても、まさか、自分が生きてるうちに徴兵制が復活するとは思わなかったなあ」

B子は眼鏡をいじる。

「徴兵制っていうと、当時の首相が怒るよ」

「あの人、やたら怒ってたよねえ。徴兵制じゃありません、平和サポートボランティア制ですって」

「ったく、なんでも『平和』と付けりゃ許されると思ってさー」

「三十歳までに国防と世界平和について学ぶことが望ましい、なんちゃって、どこがボランティアなんだよ。強制じゃん」

「学生のうちに体験入隊しとくと就職に有利だって噂が広がってて、行っとかなきゃって空気が広がってるらしいですよ」

女主人が言った。

「しかも、三カ月より六カ月のほうが企業に好印象なんだそうです。だから、今の子はみんな六カ月を選ぶって」

「へえー。学業はどうすんのかな」

「大学も体験入隊には考慮するらしいですよ。今は親のほうも、規則正しい生活と礼儀が身に付くから、うちの子も早く行かないかって言ってたりするそうです」

筆者とB子はあきれた。

「そんなあ」

「意味分かって言ってんのかな」

「実質、義務化してるってことね」

「しかも、こういうのはしっかり男女平等なわけだ。政治でも経済でも、他んところは女性の参画に鈍感だったくせに、平和サポートボランティアはやたらと先進的だね」

一瞬、黙り込む。

「なんか、やな噂聞いたなあ」

Ｂ子が渋い顔をした。

「体験入隊はともかく、平和サポートボランティアに志願できる年齢、五十歳までになってるじゃん？」

「うん。ありがたいことに、もう志願できないな」

「あたしもだ。で、今いちばん志願してるのって、高齢ニートがパラサイトしてる家庭の、親だって。親が、子供の名前で志願してるんだってさ」

「どうして？」

「あれ、いろいろ特典があるじゃん？　奨学金が出るとか、税金が控除されるとか」

「うん。アメリカっぽいよねえ。米軍の志願者って、ほとんどが貧困層で、大学に行けるから志願するんでしょ」

「でね、あんまり知られてないけど、平和サポートボランティアに志願して、海外で二年勤務すると、年金受給資格を与えるっていうのがあんのよ」

「えー、知らなかった」

「宣伝してないんだよね。だけど、それが口コミで子供たちのパラサイトに悩む親たちのあいだに広がってるわけ。で、自分の子供に年金をって思って、代わりに書類書いて志願してるらしいんだわ。だから、意外に倍率高いの」

「へえー。だけど、そんなひきこもりで働いたこともない子供が、出ていけるのかなあ」

「出ていけないよ。何度も志願して、せっかく合格しても、本人が志願したわけじゃないし、出ていってくれない。そうしたら、そういう人間を移送してくれる業者っていうのが出現したわけ」

「ええっ？　それって、どういうこと？　誰かが引き取りにくるの？」

「いや、国は関与してないの。そういうニーズを感じ取った誰かが、商売になると思ったんだね、きっと。どこから情報を得てるのか、合格すると、その業者から手紙が来るらしい。お手伝いしますっていう。で、親から結構な額のお金を受け取って、家からほぼ強制的に連れ出す。すごい屈強な人たちが来るらしいよ」

「ふうん。それ、絶対、国が情報流してるよね」

「互いに知らん振りしてるけどね」

「それで、行くわけ？　平和サポートボランティアに」

　筆者は思わず「ボランティア」の言葉に力を込めた。

　周知の通り、「ボランティア」は「自主的に」という意味がある。

「行くらしいよー。海外に。しかも地雷除去とかさせられてるらしいの」

「そんなー。地雷除去なんて、相当な技術がないと難しいんじゃないの？」

「さあね。とにかく、危険なところに行かされるんだって」

「凄い話だなあ」

「で、大体死亡しちゃうんだって。事故で」

「事故なの？」

「ってことになってる。でさ、こっから先が噂なんだけど、政府は働いてなくて税金も払わない奴を間引くために、わざわざ応募年齢を五十歳まで上げて、年金受給資格を与えるってワナを仕掛けてるんじゃないかと」

「ふうん。働かない奴は、国民じゃないと。海外に連れ出して殺してると」

「そう」

「保険とか下りるのかな」

「だけど、なにしろボランティアだからね」

　B子も「ボランティア」に力を込める。

「志願して行ったんだから、すべて自己責任という念書を書かされるらしい。だから、慰謝料とかは一切出ないんだって」

「うーん。恐るべし、平和サポートボランティア」

「僕、その件で別の噂を聞きましたよ」

吉屋が例によって、かすかに呂律の怪しい口調で口を挟んだ。

「別の噂って？」

B子が吉屋を見る。

「確かに、年金受給資格を得るために、高齢でひきこもりの子供を抱えた親たちが彼らの代わりに志願してるっていうところまでは同じですが、僕が聞いたのは、もうちょっと明るい話で」

「明るい話？」

「はい。最初は強制的に連れていかれて自殺まで考えたんだけど、海外で勤務しているうちに人生の可能性を発見して、自主的に働くようになったと。そして、無事帰国して、きちんと外に出て働くようになったという話です」

「ははあ、確かにそう聞くといい話になってるわね」

「どっちの噂が正しいんだろ」

「どっちも正しいのかもしれないし、どっちもガセなのかもしれないね」

「きっと、死者が出たというのは事実なんだろうね。それで、ああいう噂が出たんじゃないのかな」

筆者とB子が顔を見合わせていると、吉屋が人差し指を立てた。

「唯一確かなのは、平和サポートボランティアが、そういう親たちの希望になってるってことですね」

「希望――ねえ」

そんなのが希望になっていいのだろうか。何かが根本的に間違っている気がするのだが。

「――ボランティア」

吉屋が呟いた。

「ある意味、あの首相は本来の意味でこの言葉を使ってたんだなあ」

「本来の意味って？」

B子が尋ねる。

「ボランティアって、人がやりたがらないことをあえてやる人って意味ですけど、元々は志願兵って意味なんですよね。二十世紀前半に、スペイン内戦ってあったでしょ？　あの時、ヘミングウェイをはじめ世界中から市民側を応援しに兵士が集まったわけですけど、あの時やってきた兵士をボランティアって呼んだんだそうです。だから、志願兵」

「へえー、そうだったんだ」

「だけど、あの首相はそんなこと知らなかったと思うよ。そんなつもりでは使ってなかっただろうけど、図らずも本音を漏らしていたってことね」

「皮肉だなあ」

B子が煙草に火を点けた。

いつもの半眼になって、ゆったりと煙草を吸う。

筆者と吉屋は、その煙の行方を見守った。二人は煙草を吸わない。けれど、喫煙者をどこかで少し羨ましく思っている。

B子は、ふと思い出したように口を開いた。

「そういえば、今日は壮行会だったよね？　武道館」

「はい。実は、うちの姪《めい》が行ってて」

女主人がさりげなく頷いた。

思わず皆が彼女に注目する。

「え？　そうなの？」

「志願したの？」

彼女は淡々とビールを注いでいる。

「はい。任期二年で、中東に行くそうです」

筆者たちは、絶句してしまった。

身近なところで、志願している人を関係者に持つ人に会うのは初めてだったのだ。

武道館でのコンサートと一緒に壮行会をやるのは、すっかり春の恒例行事になってしまっていた。

「今年はウメクロだっけ？」

「はい。姪は大ファンだったので、喜んでましたよ」

ミュージシャンのあいだでも、壮行会コンサートに呼ばれるのは名誉なこととされているらしい。必ず「世界平和のために貢献する皆さんを誇りに思います」という挨拶をするんだそうな。

「ウメクロ、平和サポートボランティアのCMソングも歌ってたもんなあ」

「世界の平和を応援しよう！　ってやつね」

脳裏に、アップテンポでノリノリの曲が蘇る。

笑顔を振りまき、志願兵を集めるCMソング。

筆者は無意識のうちに、何度も首を振っていた。

分からない――何かが矛盾している。何かが間違っている。

それとも、そう思う筆者が間違っているのだろうか。

「――春なんですねえ」

吉屋がぼそりと呟き、ガラス張りになった店の外に目をやった。

筆者とB子もつられて外を見る。

しかし、外は真っ暗だった。吉屋が何をもって春だと感じたのかは謎だ。

道を行く人影もなく、そこには振り向いている我々の姿だけがぼんやりと映っている。

春なのか？

筆者は、暗く映る我々の姿に問いかけてみた。

しかし、どこまでも広がる闇の奥に春の気配を感じることはできなかった。

EPITAPH《エピタフ》東京《トーキョー》

朝日文庫

2018年4月30日　第1刷発行

著　者　恩《おん》田《だ》　陸《りく》

発行者　須田　剛
発行所　朝日新聞出版
〒104-8011　東京都中央区築地5-3-2
電話　03-5541-8832(編集)
03-5540-7793(販売)

印刷製本　大日本印刷株式会社

ISBN978-4-02-264882-2

貫井　徳郎
乱反射
《日本推理作家協会賞受賞作》

幼い命の死。報われぬ悲しみ。決して法では裁けない「殺人」に、残された家族は沈黙するしかないのか？　社会派エンターテインメントの傑作。

貫井　徳郎
私に似た人

テロが頻発するようになった日本。事件に関わらざるをえなくなった一〇人の主人公たちの感情を活写する、前人未到のエンターテインメント大作。

小川　洋子
ことり
《芸術選奨文部科学大臣賞受賞作》

人間の言葉は話せないが小鳥のさえずりを理解する兄と、兄の言葉を唯一わかる弟。慎み深い兄弟の一生を描く、著者の会心作。《解説・小野正嗣》

桐野　夏生
メタボラ（上）（下）

記憶を失った〈僕〉は沖縄の密林で目覚め、一人の青年と出会う。二人は過去を捨てるため名を替え、新たに生き直す旅に出た。《解説・宇野常寛》

梨木　香歩
f植物園の巣穴

歯痛に悩む植物園の園丁は、ある日巣穴に落ちて……。動植物や地理を豊かに描き、埋もれた記憶を掘り起こす著者会心の異界譚。《解説・松永美穂》

松浦　理英子
犬身（上）（下）
《読売文学賞受賞作》

謎の人物との契約により、魂と引き替えに仔犬として生まれ変わった主人公が、愛する飼い主のために「最悪の家族」と対決する。《解説・蓮實重彥》

石持　浅海
身代わり島

人気アニメーションの舞台となった島へ集まる仲間五人。しかしその一人が、アニメのヒロインと同じ服装で殺されてしまう……。《解説・村上貴史》

桂　望実
週末は家族

大輔と瑞穂の夫婦は、週末限定で母に捨てられた少女・ひなたの里親を引き受ける。ワケアリな三人が紡ぐ新しい家族の物語。《解説・東えりか》

山口雅也／麻耶雄嵩／篠田真由美／二階堂黎人／法月綸太郎／若竹七海／今邑彩／松尾由美
名探偵の饗宴

凶器不明の殺人、異国での不思議な出会い、少年の謎めいた言葉の真相……人気作家八人による、個性派名探偵が活躍するミステリーアンソロジー。

村田　沙耶香
しろいろの街の、その骨の体温の

《三島由紀夫賞受賞作》

クラスでは目立たない存在の、小学四年と中学二年の結佳を通して、女の子が少女へと変化する時間を丹念に描く、静かな衝撃作。《解説・西加奈子》

津村　記久子
八番筋カウンシル

生まれ育った場所を出た者と残った者、それぞれの姿を通じ人生の岐路を見つめなおす。芥川賞作家が描く終わらない物語。《解説・小籔千豊》

近藤　史恵
シフォン・リボン・シフォン

乳がんの手術後、故郷でランジェリーショップをひらいたかなえと、客たち。彼らの屈託を、美しい下着が優しくほぐしていく。《解説・瀧井朝世》

西　加奈子
ふくわらい
不器用にしか生きられない編集者の鳴木戸定は、自分を包み込む愛すべき世界に気づいていく。第一回河合隼雄物語賞受賞作。《解説・上橋菜穂子》

窪　美澄
クラウドクラスターを愛する方法
「母親に優しくできない自分に、母親になる資格はあるのだろうか」。家族になることの困難と希望を描くみずみずしい傑作。《解説・タナダユキ》

小説トリッパー編集部編
20の短編小説
人気作家二〇人が「二〇」をテーマに短編を競作。現代小説の最前線にいる作家たちのエッセンスが一冊で味わえる、最強のアンソロジー。

江國　香織
いつか記憶からこぼれおちるとしても
私たちは、いつまでも「あのころ」のままだ——。少女と大人のあわいで揺れる一七歳の孤独と幸福を鮮やかに描く。《解説・石井睦美》

井上　荒野
夜をぶっとばせ
どうしたら夫と結婚せずにすんだのだろう。たまきがネットに書き込んだ瞬間、日常が歪み始める。直木賞作家が描く明るく不穏な恋愛小説。

篠田　節子
ブラックボックス
健康のために食べている野菜があなたの不調の原因だとしたら？　徹底した取材と第一級のサスペンスで「食」の闇を描く超大作。《解説・江上　剛》